AUFBAU BIBLIOTHEK

Er kam von der Romantik her und wurde doch schärfster Kritiker der zeitgenössischen Wirklichkeit – José Maria Eça de Queiroz (1846–1900), der Klassiker der portugiesischen Literatur. Aber das Phantastische, Unheimliche, das die Romantik in die europäische Literatur eingebracht hatte, blieb für ihn wichtiges Gestaltungselement und wird in der vorliegenden Novelle von 1880 zur ironisch gebrochenen Metapher für den kleinen Mann, der sich in eine verlorene Wirklichkeit träumt.

Geheimnisvolle und teuflische Mächte lassen den kleinen Beamten Teodoro aus Lissabon zum Mörder an einem Mandarin im fernen China werden und spielen ihm dessen märchenhaften Reichtum in die Hände: das perfekte Verbrechen, das nie gesühnt werden muß. Über Nacht ist Teodoro ein vielumworbener Mann geworden, Würdenträger des Staates und der Kirche buhlen um seine Gunst, Pracht und Glanz umgeben ihn, Frauen umschwärmen ihn. Doch seine Seele befällt Melancholie, und in seinen nächtlichen Träumen wird er vom Phantom des Ermordeten heimgesucht. Bis er beschließt, nach China zu reisen ...

José Maria Eça de Queiroz

DER MANDARIN

Eine phantastische Novelle

Aus dem Portugiesischen
von Willibald Schönfelder

Aufbau Taschenbuch Verlag

Titel der Originalausgabe
O mandarim

ISBN 3-7466-6004-1

1. Auflage 1997

Aufbau Taschenbuch Verlag GmbH, Berlin

© Aufbau-Verlag Berlin 1954

Umschlaggestaltung Andreas Heilmann, Hamburg

Freigestelltes Porträt nach einer Zeichnung von A. Lopes,

Archiv Aufbau-Verlag

Druck Ebner Ulm

Printed in Germany

PROLOG

ERSTER FREUND *trinkt Kognak und Soda, sitzt auf einer Terrasse am Ufer eines Gewässers im Schatten der Bäume:* Mein Freund, diese sommerliche Hitze schwächt die Schärfe unseres Geistes; ruhen wir ein wenig aus von dem qualvollen Studium der menschlichen Wirklichkeit ... Ziehen wir hin in das Land des Traumes, bummeln wir auf jenen azurenen romantischen Höhen, auf denen sich der verlassene Bau des Übernatürlichen erhebt und frisches Moos die Reste des Idealismus verhüllt ... Laß uns phantasieren! ...

ZWEITER FREUND: Aber nicht zu hitzig, Freund, immer in Maßen! ... Und wie in den gelehrten und anmutigen Allegorien der Renaissancezeit laß uns immer eine taktvolle Moral darin verbergen ...

(Unveröffentlichte Skizze)

I

Ich heiße Theodor und war früher als Referendar im Ministerium des Innern beschäftigt.

Damals wohnte ich in der Travessa da Conceição Nr. 106, wo Donna Augusta, die Witwe des Majors Marques, eine Pension unterhielt. Außer mir gab es dort noch zwei Untermieter. Der eine war Cabrita, ein städtischer Verwaltungsbeamter, der mit seiner schmächtigen Figur und seinem gelben Gesicht wie eine Leichenkerze aussah. Der andere war der gesundheitstrotzende, üppige Leutnant Couceiro, ein gewaltiger Gitarrenspieler vor dem Herrn.

Ich führte ein sehr gleichmäßiges, geruhiges Dasein. Die ganze Woche hindurch saß ich am Schreibtisch meines Amtszimmers, wo ich, mit Ärmelschützern aus Lüsterstoff versehen, in schöner Kursivschrift banale Phrasen auf gestempeltes Kanzleipapier warf. So schrieb ich zum Beispiel: »Hochgeehrter Herr! Ich habe die Ehre, Ihnen mitzuteilen...«, »Ich habe die Ehre, Euer Hochwohlgeboren folgendes zu unterbreiten ...«

Sonntags ruhte ich aus. Ich machte mir's auf dem

Kanapee des Speisezimmers bequem, schmauchte mein Pfeifchen und bewunderte Donna Augusta, die an Feiertagen den Kopf des Leutnants Couceiro von Schinnen zu reinigen pflegte, wozu sie Eiweiß verwandte. Das war, besonders im Sommer, eine köstliche Stunde: durch die halbgeschlossenen Fensterläden drang gedämpfte Sonnenglut, das leise, ferne Läuten der Glocken der Conceição Nova und das Girren der Tauben auf der Veranda. Mit eintönigem Summen kreisten die Fliegen um den alten Tüll, der jetzt auf der Anrichte die Kirschenteller bedeckte, einstmals aber der Madame Marques als Brautschleier gedient hatte. Leutnant Couceiro saß, in ein weißes Leinentuch gehüllt, wie ein Götze da und schlief allmählich unter den zärtlichen Händen Donna Augustas ein, die endlich aufhörte, seinen Kopf sanft zu reiben, um ihm die dünnen, glänzenden Haare mit einem Staubkamm zu glätten ... Gerührt sagte ich dann zu der entzückenden Dame:

»Ach, Donna Augusta, Sie sind wirklich ein Engel!«

Worauf sie lachte und mich »Unglückswurm« nannte, ohne daß ich mich deswegen beleidigt fühlte. Denn »Unglückswurm« wurde ich tatsächlich im Hause genannt, weil ich entsetzlich mager war, immer mit dem rechten Fuß zuerst ins Zimmer trat und mich vor Ratten fürchtete; wohl auch, weil über dem Kopfende meines Bettes eine Lithographie der Schmerzensreichen Jungfrau hing, die meiner Mutter gehört hatte, und ... weil ich einen krummen

Rücken hatte. Es läßt sich leider nicht leugnen: ich bin krumm. Das kommt wohl daher, daß ich auf der Universität zuviel katzbuckelte, vor den Herren Professoren zurückwich wie eine gescheuchte Elster und auch vor meinen Vorgesetzten im Ministerium immer so tiefe Bücklinge machte, daß meine Stirn fast auf den Fußboden stieß.

Diese Haltung ziemt sich übrigens für einen Bakkalaureus; sie hält die Disziplin in einem wohlorganisierten Staate aufrecht, und mir gewährleistete sie meine Sonntagsruhe, den Luxus einiger weißer Wäsche und zwanzig Milreis Monatsgehalt.

Doch muß ich gestehen, daß ich zu jener Zeit ehrgeizig war und höher hinaus wollte, was auch Madame Marques und der lustige Couceiro mit scharfem Blick erkannten. Nicht, daß meine Brust von dem heroischen Wunsche beseelt war, von der Höhe eines Thrones aus gewaltige Menschenherden zu leiten, oder daß meine törichte Seele jemals danach gestrebt hätte, in einer Staatskarosse, gefolgt von einem berittenen Kurier, die vornehmen Straßen Lissabons zu durchfahren – nein! Aber mich kitzelte die Lust, im Hotel Central bei einer Flasche Champagner zu speisen, die niedliche Hand einer Comtesse zu küssen und, wenigstens zweimal wöchentlich, in stummem Entzücken am frischen Busen der Liebesgöttin zu schlafen. O ihr jungen Herren, die ihr in teuren Überziehern, aus denen die festliche Krawatte weiß hervorleuchtet, eilig dem Theater São Carlos zustrebt! O ihr Droschken, die ihr vollgestopft mit andalusischen Mädchen zum Stierkampf rollt! Wie oft habe ich euch seufzend nachgeschaut! Denn die Gewißheit, daß meine zwanzig Milreis Monatsgehalt und meine unglückliche Gestalt mich für immer von jenen geselligen Freuden ausschlossen, schmerzte mich tief – wie ein Pfeil, der sich in einen Baumstamm bohrt und noch lange nachzittert!

Und doch kam ich mir deswegen nicht wie ein Paria vor. Das bescheidene Leben hat auch seine Süßigkeit. Schön ist es zum Beispiel, wenn man an einem sonnigen Vormittag mit vorgesteckter Serviette vor seinem Roastbeef sitzt und dabei im »Diario de Noticias« blättert, wenn man an Sommerabenden auf einer Promenadenbank gratis ein liebliches Idyll genießt oder wenn man des Nachts behaglich im Café Martinho sitzt, seinen Mokka schlürft und die politischen Schreier aufs Vaterland schimpfen hört.

So war ich eigentlich nie über die Maßen unglücklich; denn ich besaß keine üppige Phantasie, die mich veranlaßt hätte, in eingebildeten Paradiesen zu schweifen, Ausgeburten meiner eigenen sehnsüchtigen Seele, unwirklich wie die nebelhaften Ausdünstungen eines Sees. Ich seufzte nicht, wenn ich die schimmernden Sterne betrachtete, nach einer Liebe à la Romeo oder nach gesellschaftlichem Ruhm à la Camors. Ich bin ein Wirklichkeitsmensch. So strebte ich nur nach Vernünftigem, Greifbarem – nach Dingen, die schon von anderen meinesgleichen erreicht worden waren – und nach dem, was einem Bakkalaureus zugänglich war. Und ich fügte mich in mein Schicksal wie einer, der bei der Table d'hôte an einem Stück trockenem Brot kaut und wartet, bis auch zu ihm die leckeren Schüsseln gelangen. Ja, das Glück *mußte* kommen, und um seinen Lauf zu beschleunigen, tat ich alles, was ich als guter Portugiese und verfassungstreuer Bürger tun konnte: ich betete alltäglich zu Unserer Schmerzensreichen Jungfrau und kaufte Zehntellose der Staatslotterie.

Indessen suchte ich mich auch zu zerstreuen; aber ich tat dies nicht nach der Art vieler Leidensgefährten, die sich für das Elend der beruflichen Tretmühle dadurch entschädigen, daß sie Oden dichten. Die Struktur meines Gehirns befähigte mich wohl nicht dazu. Auch frönte ich keinem Laster, denn mein Gehalt, das fast ganz für Wohnung, Essen und ein wenig Tabak draufging, gestattete es mir nicht. Es war mir vielmehr zur Gewohnheit geworden, heimlich auf dem Ladramarkt alte, kuriose Schmöker zu erstehen, in deren Studium ich mich des Nachts mit Behagen versenkte. Es waren meist Werke mit hochtönenden, gewichtigen Titeln, wie »Galerie der Unschuld«, »Der Wunderspiegel«, »Das Leid der Enterbten«. Ehrwürdige Lettern, vergilbtes, mottenzerfressenes Papier, schwere, schweinslederne Bände aus der Zeit der Mönche entzückten mich. Und dann die erstaunlichen Neuigkeiten, die darin aufgezeichnet waren! Sie wirkten so beruhigend auf mein ganzes Sein! Mir war beim Lesen so feierlich und friedlich zumute, als schritte ich in der Abendstunde durch die Mauern eines alten Klosters, das in einem stillen Tal am traurig murmelnden Bache schlief.

So geschah es – es ist schon viele Jahre her –, daß ich eines Nachts in einem jener alten Folianten las. Ich war auf ein Kapitel gestoßen, das die Überschrift trug: »Bresche der Seelen«. Schon bemächtigte sich meiner eine angenehme Müdigkeit, als sich eine Stelle mit den reliefartigen Buchstaben einer goldenen Medaille von dem verblichenen Druck der aufgeschlagenen Seite abhob.

Ich zitiere sie wörtlich:

»Im Herzen von China lebt ein Mandarin, der reicher ist als alle Könige, von denen Sage und Geschichte erzählen. Du weißt nichts von ihm, kennst weder seinen Namen noch sein Antlitz, noch die Seide, in die er sich kleidet. Um der Erbe seiner unermeßlichen Reichtümer zu werden, brauchst du nur die Klingel zu rühren, die neben dir auf einem Buche steht. Er wird nur einen Seufzer tun, fern, in der tiefsten Mongolei; dann ist er ein Leichnam, und zu deinen Füßen wirst du mehr Gold sehen, als ein Geizhals in seinen kühnsten Träumen sich ausmalen kann. Du, der dies liest und ein sterblicher Mensch bist, wirst du die Klingel rühren? ...«

Verwundert hielt ich inne und starrte die aufgeschlagene Seite an.

Diese Frage: »Sterblicher Mensch, wirst du die Klingel rühren?« erschien mir drollig, schalkhaft, und doch erregte, ja beunruhigte sie mich gewaltig. Ich wollte weiterlesen, aber die Zeilen wanden sich und krochen wie erschreckte Schlangen durcheinander, um schließlich ganz zu entfliehen. Und auf dem leeren, grauen Pergament sah ich nur die seltsame Frage in schwarzen Lettern glänzen: »Wirst du die Klingel rühren? ...«

Hätte es sich um eine Ausgabe irgendeines ehrbaren Verlages, wie zum Beispiel Michel-Levys, gehandelt, einen jener bekannten Bände mit gelbem Umschlag, so hätte ich einfach das Buch zugeklappt, und meine nervöse Unruhe wäre erledigt gewesen. Denn schließlich hatte ich mich doch nicht in einem deutschen Märchenwalde verirrt, sondern war vollkommen klar, so klar, daß ich sogar von meinem Erker aus sehen konnte, wie soeben eine Streifwache vorüberzog, deren Lederzeug im Licht der Straßenlaternen blitzte. Aber dieser düstere Foliant, der vor mir auf dem Tisch lag, schien eine magische Kraft auszuströmen. Jeder Buchstabe erinnerte an die unheimlichen schicksalskündenden Zeichen der alten Kabbala; die Kommas sahen aus wie zornig zuckende Teufelsschwänze, auf die das weiße Mondlicht fällt; in dem Fragezeichen erblickte ich den Schürhaken des Versuchers, der mit diesem schrecklichen Instrument die Seelen hascht, die entschlafen sind, ohne sich in die unverletzliche Burg des Gebets geflüchtet zu haben. Ich fühlte, wie ich unter den Einfluß einer übernatürlichen Gewalt geriet, die mich langsam aus der Welt der Wirklichkeit und des logischen Denkens zog. Zwei Visionen tauchten vor meinem Geiste auf: ein alter, hinfälliger Mandarin, der fern, in einer chinesischen Pagode, auf ein Klingelzeichen eines schmerzlosen Todes starb – und daneben ein goldner Berg, der sich gleißend zu meinen Füßen erhob. Dies alles war so scharf und klar, daß ich sogar sah, wie die schief geschlitzten Augen des Greises trübe wurden, als legte sich eine dünne Staubschicht darüber, und deutlich hörte ich das feine Klirren der rollenden Goldstücke. Regungslos, von Grauen gepackt, starrte ich mit glühendem Blick auf die Klingel, die vor mir auf einem französischen Lexikon stand, harmlos, friedlich – die bedeutungsvolle Klingel, von welcher mein wunderbarer Foliant sprach ...

Da plötzlich hörte ich von der andern Seite des Tisches eine einschmeichelnde, metallisch klingende Stimme in das Schweigen sagen:

»Wohlan, Theodor, mein Freund! Strecken Sie die Hand aus und rühren Sie die Klingel! Seien Sie stark!«

Der grüne Schirm meiner Lampe hüllte die Umgebung in ein ungewisses Halbdunkel. Zitternd schob ich ihn in die Höhe, und was sah ich? Ein wohlgenährtes Individuum, das gemütlich auf einem Stuhle saß. Der Mann war ganz in Schwarz gekleidet, hatte einen Zylinderhut auf und stützte die schwarz behandschuhten Hände schwer auf den Griff seines Regenschirms. Nichts Phantastisches war an ihm. Er sah so zeitgenössisch, so wie sich's gehört, so gutbürgerlich aus, als käme er eben aus meinem Ministerium.

Originell war eigentlich nur sein bartloses, scharfgeschnittenes, hartes Gesicht. Seine trotzige, kühn gebogene Nase erinnerte an einen drohenden Adlerschnabel; wie aus Bronze erschienen seine festen Lippen. Wenn er einen ansah, war es, als sprühte einem aus dem finsteren Gebüsch seiner zusammengewachsenen Brauen der Feuerstein von Gewehrschüssen in die Augen. Seine Gesichtshaut war aschgrau, nur liefen hier und da, wie bei altem phönizischem Marmor, rote Spuren über sie hin.

Plötzlich kam mir der Gedanke, daß ich den Teufel vor mir hätte; aber sofort lehnte sich meine Vernunft dagegen auf. Ich habe niemals an den Teufel geglaubt, ebensowenig wie an Gott. Das sagte ich natürlich nicht laut, schrieb auch nicht in den Zeitungen darüber, weil ich um keinen Preis bei den Staatsbehörden Anstoß erregen wollte, welche beauftragt sind, im Volke den Respekt vor solchen Wesen aufrechtzuerhalten. Aber daß diese beiden Persönlichkeiten, die so alt sind wie die Materie selbst, als gemütliche Rivalen nebeneinander bestehen, um sich gelegentlich liebenswürdigen Schabernack anzutun – der eine mit schneeweißem Barte, gleich dem alten Zeus in himmelblauer Tunika auf lichtvollen Höhen thronend, umgeben von einem aufwendigeren Hofstaate als dem Ludwig XIV., der andere im Schmuck seiner Hörner mit rußgeschwärztem, arglistigem Gesicht gleichsam als spießbürgerliche Nachahmung des prächtigen Pluto im höllischen Feuer wohnend –, das glaube ich nicht. Nein, nein, das glaube in nicht! Himmel und Hölle sind nur Erfindungen der menschlichen Gesellschaft für den Gebrauch des gemeinen Volkes, und ich gehöre der mittleren Klasse an. Es ist ja wahr, ich bete zu Unserer Schmerzensreichen Jungfrau. Aber das tue ich genauso, wie ich um die Gunst meiner Herren Professoren buhlte, als ich ins Examen stieg – genauso, wie ich mich um das Wohlwollen des Herrn Deputierten bewarb. Denn man braucht eine übernatürliche Protektion, die einen vor der Schwindsucht, der Angina, einem spitzen Messer, dem Kloakenfieber, der Apfelsinenschale, durch die man ausgleiten und ein Bein brechen kann, und vor andern Fährlichkeiten schützt, an denen das öffentliche Leben so reich ist. Der kluge Erdensohn ist nun einmal, sei es durch Kratzfüße oder durch Lobhudeleien, darauf angewiesen, sich durch dieses Jammertal bis ins Paradies zu schmeicheln. Mit einem guten Gevatter in der Nachbarschaft und einer mystischen Gevatterin dort oben ist das Schicksal eines Bakkalaureus gesichert.

So sagte ich denn, unbeeinflußt von engherzigen, abergläubischen Rücksichten, zu dem schwarzgekleideten Individuum:

»Sie raten mir also wirklich dazu, die Klingel zu rühren?«

Der Mann lüftete ein wenig den Hut, so daß seine schmale Stirn sichtbar wurde. Diese schmückte eine krause, schwärzliche Haartolle, deren Anblick mich an den sagenhaften Alcides erinnerte. Er antwortete wörtlich:

»Gehen wir, sehr verehrter Theodor, auf Ihre Lage

ein. Ein Monatsgehalt von zwanzig Milreis ist eine Schande für die menschliche Gesellschaft! Denn andrerseits: wie reich ist dieser Planet an wunderbaren Dingen! Es gibt Burgunderweine, wie zum Beispiel den *Romanée-Conti* von 58 und den *Chambertin* von 61, von denen jede Flasche zehn bis elf Milreis kostet; und wer davon das erste Glas getrunken hat, wird ohne Besinnen seinen eignen Vater ermorden, um das zweite Glas trinken zu können ... In Paris und in London baut man Equipagen mit so sanften Federn und so zarter, schwellender Polsterung, daß es so angenehm ist, in ihnen über den Campo Grande zu rollen, wie für die Götter der Alten, in den weichen Wolkenkissen durch den Himmelsraum zu gleiten ... Ich will Ihrer Bildung nicht den Schimpf antun, Sie über die Möblierung moderner Häuser aufklären zu wollen. Sie wissen so gut wie ich, welchen Geschmack und welchen Komfort man heutzutage in dieser Beziehung entfaltet. Eine luxuriöse Wohnungseinrichtung ist, im höchsten Sinne des Wortes, der Inbegriff all dessen, was man früher als den Gipfel menschlicher Glückseligkeit erträumte. Auch von anderen irdischen Genüssen will ich nicht zu Ihnen reden, wie zum Beispiel vom Theater des *Palais Royal*, dem *Ballsaal Laborde* oder dem *Café Anglais* ... Nur auf folgende Tatsache möchte ich noch Ihre Aufmerksamkeit lenken: es existieren Wesen, die man Frauen nennt; das ist etwas anderes als das, was Sie kennen und was man gemeinhin als Weiber bezeichnet. Diesen Wesen, lieber Theodor, diente zu meiner Zeit – siehe Seite 3 der Bibel – als äußere Hülle nur ein Feigenblatt. Heute benützen sie dazu eine ganze Symphonie, ein raffiniert-zartes Gedicht von Spitzen, Batist, Atlas, Blumen, Juwelen, Kaschmir, Gaze und Samt. Sie begreifen, welches unaussprechliche Behagen die fünf Finger eines Christenmenschen durchrieseln muß, wenn sie tastend über diese weichen Wunderdinge gleiten; aber ebenso wird es Ihnen einleuchten, daß man die Rechnungen dieser Cherubinen nicht mit schäbigen fünf Testonen bezahlen kann ... Aber sie besitzen noch Besseres, Theodor: sie haben goldnes oder nachtschwarzes Haar, und diese Lohen stellen die Symbole der zwei großen menschlichen Versuchungen dar – der Begierde nach Gold und der Sucht, das dunkle transzendentale Absolute zu erkennen ... Und noch mehr besitzen sie: marmorweiße Arme von der Frische einer taubenetzten Lilie und ... den Busen. Nach ihm modellierte der große Praxiteles seine berühmte Trinkschale, welche die reinste, idealste Linienführung des Altertums zeigt. Der Busen war ursprünglich, nach dem Plane jenes naiven Greises, der ihn bildete, wie er auch die Welt geschaffen hat, und dessen Namen auszusprechen mir eine uralte Feindschaft verbietet – für den erhabenen Zweck der ersten menschlichen Ernährung bestimmt. Aber seien Sie unbesorgt, Theodor: heutzutage mutet ihm keine vernünftige Mama mehr diese anstrengende und schädliche Funktion zu. In ein niedliches Nest von Spitzen gebettet, dient der

Busen jetzt nur noch dazu, im Lichterglanz der Abendgesellschaften zu strahlen, und ... und zu anderen heimlichen Behufen. Aus Gründen der Schicklichkeit will ich nicht weiter in der Schilderung der blendenden Schönheiten fortfahren, welche das ›Verhängnis Weib‹ ausmachen ... übrigens fangen Ihre Pupillen schon an zu glänzen ... Nun, mein lieber Theodor, all diese Dinge liegen weit, unendlich weit außer dem Bereiche Ihrer zwanzig Milreis Monatsgehalt ... Sie müssen zum mindesten zugeben, daß meine Worte den ehrwürdigen Stempel der Wahrheit tragen!«

»Gewiß!« murmelte ich mit glühenden Wangen.

Und mit milder, gleichmäßiger Stimme fuhr er fort:

»Was würden Sie zum Beispiel zu hundertfünf- oder hundertsechstausend Contos sagen? Ich weiß wohl, es ist eine Bagatelle ... Aber schließlich ist es doch ein Anfang und bietet die Möglichkeit, das Glück zu erobern. Nun erwägen Sie wohl folgende Tatsachen: Der Mandarin, jener Mandarin im innersten China, ist altersschwach und gichtkrank. Als Mensch sowohl wie als Beamter des Reiches der Himmelssöhne ist er in Peking und auch sonst in der Menschheit wertloser als ein Kiesel im Munde eines verhungernden Hundes. Aber es gibt eine Umformung der Materie – ich versichere Sie, daß ich mit den Welträtseln Bescheid weiß ... Denn die Erde ist nun einmal so: Hier nimmt sie einen verwesenden Menschen weg, und anderswo fügt sie ihn wieder als strotzende Pflanze in die Gesamtheit der Formen ein. Es kann sehr leicht der Fall sein, daß er, der als Mandarin im Reich der Mitte gänzlich unnütz ist, in einem andern Lande als duftende Rose oder als saftiger Kohl sehr wertvoll wird. Töten, mein Sohn, bedeutet fast immer einen Ausgleich zwischen den Weltnotwendigkeiten bewirken. Es bedeutet: hier einen Auswuchs entfernen, um dort einem Mangel abzuhelfen. Machen Sie sich dieses solide Philosophem ganz zu eigen! ... Eine arme Londoner Näherin, die eine Mansarde bewohnt, sehnt sich danach, in der schwarzen Erde ihres Blumentopfes eine Blume blühen zu sehen: Eine Blume würde jene Enterbte trösten; aber unglücklicherweise ist, infolge der momentanen Anordnung der Dinge, die Materie, welche dort ein Stiefmütterchen sein sollte, hier in Lissabon ein Staatsmann ... Da kommt ein gemeiner Messerheld und schlitzt ihm den Bauch auf; man beerdigt ihn mit großem Gepränge; die Materie zersetzt sich, sie findet ihren Weg in den ewigen Kreislauf der Atome, und ... der überflüssige Staatsmann wird nun in Gestalt eines Stiefmütterchens die Mansarde der blonden Näherin schmücken. Der Mörder ist ein Menschenfreund! ...

Lassen Sie mich noch einmal zusammenfassen, Theodor: Der Tod jenes alten, idiotischen Mandarins wirft Ihnen ein paar tausend Contos in die Taschen. Von diesem Augenblick an können Sie die Staatsbehörden mit Fußtritten regulieren; stellen Sie sich vor, mit welch innigem Behagen Sie das tun werden! Und man wird in den Zeitungen über Sie schreiben, was ja den Gipfel menschlichen Ruhmes bedeutet. Also passen Sie auf: Sie brauchen nur die Klingel zu ergreifen und ›klingling!‹ zu machen. Ich bin kein Barbar und verstehe, daß es einem Gentleman widerstrebt, einen Zeitgenossen zu ermorden: man besudelt sich die Manschetten auf ekelhafte Weise durch das herausspritzende Blut; außerdem ist der Todeskampf eines menschlichen Körpers ein abstoßender Anblick. Aber in unserem Falle: nichts von diesen häßlichen Begleiterscheinungen! ... Es ist, als klingelte man einem Diener ... Und es handelt sich um hundertfünf- oder hundertsechstausend Contos, – ich weiß die genaue Zahl nicht aus dem Kopfe; aber sie steht in meinen Büchern ... Sie glauben mir doch? Ich bin ein Kavalier, und daß ich es bin, habe ich bewiesen, als ich für die Sache der unterdrückten Gerechtigkeit einen Tyrannen bekämpfte. Leider wurde ich dafür von einer Höhe gestürzt, von der Sie sich keine blasse Vorstellung machen können ... Es war ein fürchterlicher Purzelbaum, mein lieber Herr! Viel Ärger, viel Verdruß! ... Aber eins tröstet mich: die Position des *anderen* ist auch sehr wackelig. Denn, mein Freund, wenn ein Jehova nur einen Satanas zum Gegner hat, hat er leichtes Spiel: er läßt einfach eine Legion Erzengel auf ihn los. Aber wenn er es mit einem Menschen zu tun kriegt, der mit einem Gänsekiel und mit einem Heft weißen Papieres bewaffnet ist, kann er einpacken ... Also ... es handelt sich um hundertsechstausend

Contos. Wohlan, Theodor, hier ist die Klingel, seien Sie ein Mann!«

Ich weiß, was ein Christ sich schuldig ist. Wenn dieses Individuum mich in einer mondhellen Nacht auf den Gipfel eines Berges geführt, mir die schlafenden Städte, Völker und Reiche der Welt gezeigt und mit düsterem Ernste zu mir gesagt hätte: »Töte den Mandarin, und alles, was du vor dir siehst, ist dein«, so wäre ich um eine Antwort nicht verlegen gewesen. Ich hätte ganz einfach nach berühmtem Muster den Finger zum gestirnten Firmament erhoben und erwidert: »Mein Reich ist nicht von dieser Welt« ...

Ich kenne meine Autoren. Aber es handelte sich um einige hunderttausend Contos, die mir beim Scheine einer Petroleumlampe, in der Travessa da Conceição, von einem Kerl angeboten wurden, der einen Zylinderhut trug und sich auf einen Regenschirm stützte.

Da gab es kein Zögern, und mit fester Hand schüttelte ich die Klingel. Es muß wohl eine Sinnestäuschung gewesen sein; aber mir war, als erdröhnte eine Riesenglocke, so groß wie der Himmel selbst, durch das finstere Weltall. Und so schrecklich klang das Geläute, daß es sicher schlummernde Sonnen und dickbäuchige, schnarchende Planeten aus ihrer Nachtruhe schrecken mußte.

Der Fremde hob einen Finger an die Wimper und wischte eine Träne fort, die einen Augenblick seinen funkelnden Blick verschleierte. Dabei sagte er:

»Armer Ti Tschin-fu! ...
»Ist er tot?«
»Er stand friedlich in seinem Garten und bastelte an einem Papierdrachen herum, den er in die Luft steigen lassen wollte; das ist nämlich der ehrbare Zeitvertreib pensionierter Mandarine. Da überraschte ihn Ihr ›Klingling!‹ Nun liegt er, ganz in gelbe Seide gekleidet, am Ufer eines murmelnden Baches im grünen Rasen. Er ist tot und reckt den Bauch in die Luft. In den kalten Händen hält er noch seinen Papierdrachen. Der hat die Gestalt eines Papageis, der ebenso tot zu sein scheint wie er selbst. Morgen findet das Leichenbegängnis statt. Möge ihm die Weisheit des Konfuzius, die ihn erfüllt, eine gesegnete Seelenwanderung bescheren!«

Damit erhob sich der Kerl; zog respektvoll den Hut und ging, seinen Regenschirm unter den Arm nehmend, hinaus.

Als ich die Tür zuschlagen hörte, war mir, als wiche ein Alp von meiner Brust. Ich stürzte in den Korridor. Eine heitere Stimme sprach mit Madame Marques, und leise schloß sich die Vorsaaltür.

»Wer ist eben hinausgegangen, Donna Augusta?« fragte ich, noch ganz in Schweiß gebadet.

»Der kleine Cabrita; er will noch ein Spielchen machen.«

Ich ging wieder in mein Zimmer; da war alles ruhig und in schönster Ordnung. Auf dem Tische lag der aufgeschlagene Foliant, und ich sah die unheimliche Seite. Noch einmal las ich sie durch; aber jetzt wirkten die Sätze nur wie die altmodische Prosa eines moralisierenden Philisters auf mich. Die Worte waren tot; sie glichen erkalteter Kohlenglut.

Ich ging zu Bett, und meine Träume führten mich in die Ferne, weit über Peking hinaus, bis an die Grenzen der Tartarei. Dort fand ich mich in einem Lamakloster wieder: Ich lauschte den milden, weisheitsvollen Lehren, die, duftend wie köstlicher chinesischer Tee, den Lippen eines lebendigen Buddha entströmten.

II

Ein Monat verstrich. Während dieser Zeit stellte ich meine Handschrift dem Staatsdienst zur Verfügung und bewunderte an den Sonntagen Donna Augustas rührende Geschicklichkeit, Leutnant Couceiros Kopf von Schinnen zu befreien. Ich war jetzt fest davon überzeugt, daß ich in jener Nacht einfach über meinem Folianten eingeschlafen war und von dem »Berge der Versuchung« in modern-bürgerlicher Aufmachung geträumt hatte. Instinktiv jedoch begann ich mich mit China zu beschäftigen. Ich las regelmäßig die Telegramme der Havaneza, interessierte mich aber nur für die Nachrichten aus dem Reiche der Mitte. Doch schien um jene Zeit in den Ländern der gelben Rassen nichts von Belang vorzugehen ... die Agence Havas schwatzte nur über die Herzegowina, Bosnien, Bulgarien und andere barbarische Merkwürdigkeiten ...

Nach und nach verblaßte die Erinnerung an mein phantastisches Erlebnis, und während ich mein seelisches Gleichgewicht wiederfand, regten sich von neuem meine alten, ehrgeizigen Triebe: Ich träumte von dem Gehalt eines Generaldirektors, dem lockenden Busen einer Lola und von zarteren Beefsteaks als denen, die aus Donna Augustas Küche kamen. Aber all diese Herrlichkeiten erschienen mir gänzlich unerreichbar; sie bedeuteten für mich dieselben Traumgeburten wie die Millionen des Mandarins. Und durch die einförmige Wüste des Lebens schleppte sich müden Schrittes die Karawane meiner leidvollen Gedanken.

An einem Augustsonntag lag ich vormittags in Hemdsärmeln auf meinem Bett und duselte, die ausgegangene Zigarette zwischen den Lippen, faul vor mich hin. Da hörte ich, wie die Tür leise knarrte, und als ich die schläfrigen Augen halb öffnete, sah ich, wie sich neben mir eine respektable Glatze tief verneigte.

Gleich darauf murmelte eine verlegene Stimme:

»Herr Theodor? ... Herr Theodor vom Ministerium des Innern?«

Ich erhob mich langsam auf den Ellenbogen und antwortete gähnend:

»Der bin ich, mein Herr.«

Der Mann krümmte wiederum den Rücken: so verneigt sich wohl der Höfling in der erlauchten Gegenwart des Königs Bobeche ... Er war klein und fett; die Spitzen seiner weißen Bartkoteletten berührten die Knopflöcher seines Alpakafracks. Eine respekteinflößende goldene Brille glänzte in seinem feisten Gesicht, das wie die gelungene Personifikation der Ordnung und Solidität wirkte. Und der ganze Mensch zitterte vor Aufregung, zitterte von der schimmernden Glatze bis zu den kalbsledernen Stiefeletten. Er hüstelte, räusperte sich und stammelte endlich:

»Ich bringe Nachrichten für Euer Hochwohlgeboren! Wichtige Nachrichten! Mein Name ist Silvestre ... Silvestre, Juliano & Co. ... Ergebenster Diener Eurer Exzellenz ... Nachrichten, die soeben mit dem Postdampfer aus Southampton eintrafen ... Wir stehen in Geschäftsverbindung mit Brito, Alves & Co. in Hongkong ... Die Wechsel kommen aus Hongkong.«

Der Biedermann geriet ganz außer sich; er schwang in seiner fleischigen, zitternden Hand einen dicken, zum Platzen vollen Brief mit schwarzem Siegel.

»Euer Exzellenz«, fuhr er fort, »waren sicher schon darauf vorbereitet ... Wir waren es leider nicht ... Kein Wunder, daß wir den Kopf verloren ... Wir geben uns der Hoffnung hin, daß Euer Exzellenz uns ihr Wohlwollen erhalten werden ... Der Charakter Eurer Exzellenz hat uns stets die größte Hochachtung eingeflößt ... Euer Exzellenz sind in Wahrheit ein Tugendspiegel, eine Blume der Menschheit! Hier sind die ersten Tratten auf Bhering & Brothers in London ... Wechsel mit dreißig Tagen Ziel auf Rothschild ...«

Bei diesem Namen, dessen bloßer Klang an gediegenes Gold erinnert, sprang ich gierig vom Bette auf.

»Was bedeutet das, mein Herr?« schrie ich.

Und er schwang wieder den Brief, richtete sich

auf seinen Stiefelspitzen empor und schrie noch lauter:

»Hundertsechstausend Contos, Herr! Hundertsechstausend Contos auf London, Paris, Hamburg und Amsterdam – auf *Sie* gezogen, hochverehrter Herr! ... Auf *Sie,* hochverehrter Herr! Von Banken in Hongkong, Shanghai und Canton! Aus der von dem Mandarin Ti Tschin-fu hinterlegten Erbschaft!«

Ich fühlte den Erdball unter meinen Füßen wanken – und schloß einen Augenblick die Augen ... Aber ich begriff im Nu, daß ich von dieser Stunde an gleichsam das fleischgewordene Übernatürliche war, aus dem ich meine Stärke bezog und dessen Attribute ich besaß. Ich durfte mich nicht wie ein Mensch betragen, durfte mir auch durch menschliche Gefühlsäußerungen nichts vergeben. Ich versagte mir sogar, um nicht den heiligen Bannkreis zu zerstören, mich an dem mächtigen Busen der Madame Marques auszuschluchzen – denn danach verlangte es meine erschütterte Seele ...

Von jetzt an ziemte mir die leidenschaftslose Ruhe eines Gottes oder eines Dämons. Mit einer nachlässigen, selbstverständlichen Bewegung zog ich meine Beinkleider glatt und sagte zu Silvestre, Juliano & Co.:

»Es ist gut. Der Mandarin ... eben der Mandarin, von dem Sie sprachen ... hat sich wie ein Kavalier benommen. Ich weiß, um was es sich handelt: eine Familienangelegenheit, wissen Sie ... Lassen Sie die Papiere hier ... Guten Tag!«

Silvestre, Juliano & Co. zog sich, immer rückwärts gehend, zurück und katzbuckelte zur Tür hinaus. Dann riß ich das Fenster auf, so weit es ging, warf den Kopf zurück und atmete wie ein gehetztes Reh, das endlich zur Ruhe kommt, mit Behagen die warme Luft ein ...

Dann schaute ich in die Straße hinab, wo soeben die biederen Bürger und Bürgerinnen, die aus der Kirche kamen, friedlich zwischen zwei Wagenreihen einhertrotteten. Unwillkürlich heftete sich mein Blick auf die Haartracht einiger Damen und auf die blitzenden Metallbeschläge der Pferdegeschirre. Und plötzlich kam mir der Gedanke, daß ich, wenn es mir einfiele, alle Droschken da unten auf eine Stunde oder ein Jahr mieten könnte! Auch schwelgte ich in der stolzen Gewißheit, daß, wenn ich den Wunsch auch nur andeutete, keine dieser Frauen zögern würde, mir ihren nackten Busen anzubieten! Und all diese Männer im Sonntagsrock würden vor mir niederfallen wie vor einem Christus, einem Muhamed oder einem Buddha, wenn ich ihnen hundertsechstausend Contos unter die Nase hielte!

Ich trat auf die Veranda und lachte verächtlich. Mich ekelte, als ich die eitle Geschäftigkeit dieses minderwertigen Menschenpacks sah, das sich frei und stark vorkam, während ich hier oben in einem Erker des vierten Stocks einen schwarzversiegelten Brief in der Hand hielt ... und damit den Beginn seiner Schwäche und Versklavung! Dann atmete ich tief auf und schwelgte im Vorgenuß all des Luxus und der Liebesfreuden, die mir nun blühen würden, und ich sah mich im Geiste auf der stolzen Höhe unumschränkter Macht. Aber dann überkam mich ein Gefühl restloser Sättigung: ich sah die Welt zu meinen Füßen und ... gähnte wie ein vollgefressener Löwe.

Was nützten mir schließlich diese Millionen? Würden sie nicht Tag für Tag dazu dienen, mich von der menschlichen Gemeinheit und Niedrigkeit zu überzeugen? ... Wie ein Nebel würde nun unter der Wirkung so vielen Goldes die Schönheit und Moral der Weltordnung vor meinen Augen zerstieben. Eine tiefe, rätselhafte Niedergeschlagenheit bemächtigte sich meiner. Ich ließ mich in einen Stuhl fallen, vergrub mein Gesicht in den Händen und weinte, weinte bitterlich.

Nach einiger Zeit öffnete Madame Marques die Tür. Sie sah hübsch aus in ihrem schwarzseidenen Kleid.

»Es ist Zeit zum Mittagessen, Unglückswurm; wir warten nur noch auf Sie!«

Ich riß mich aus meinen trüben, bitteren Betrachtungen und antwortete trocken:

»Ich speise heute nicht.«

»So bleibt mehr für die anderen.«

In diesem Augenblick hörte man in der Ferne Raketen knattern. Ich erinnerte mich daran, daß ja heute Sonntag war und folglich Stierkämpfe stattfanden. Da stieg vor meinem geistigen Auge eine glänzende, lockende Vision auf: ein Stierkampf, von einer Loge aus gesehen; darauf ein Souper mit Champagner, und in der Nacht als Weiheakt meines Glücks eine Orgie! Ich sprang zum Tisch, stopfte mir die Taschen mit Wechseln auf London voll und flog, einem Geier gleich, der sich auf seine Beute stürzt, die Treppen hinab. Eine leere Kalesche fuhr eben vorbei. Ich hielt sie an und schrie:

»Zum Stierkampf!«

»Das kostet zehn Testone, mein Herr!«

Mit Ekel betrachtete ich dieses gemeine Stück organisierter Materie, das zu einem Koloß aus Gold von lächerlichen Silbermünzen sprach! Ich wühlte mit der Hand in meiner Tasche, die von Millionen gebläht war, und suchte mein bares Geld zusammen: es waren siebenhundertzwanzig Reis!

Der Kutscher gab seiner Mähre einen Schlag und fuhr brummend weiter, während ich stammelte:

»Aber ich habe Wechsel! ... Hier sind sie! Auf London! Auf Hamburg! ...«

»Das zieht bei mir nicht!«

Siebenhundertzwanzig Reis! ... Und Stiere, fürstliches Souper, nackte Andalusierinnen – der ganze Traum zerrann wie eine Seifenblase, die auf eine Nagelspitze stößt.

Ich haßte die Menschheit, verwünschte das Bargeld, und eine andere Droschke, mit festlich gekleideten Leuten vollgestopft, fuhr mich beinahe über den Haufen, so tief war ich, mit siebenhundertzwanzig Reis in der feuchten Hand, in meine schmerzlichen Gedanken versunken.

Tiefbeschämt, wenn auch mit Millionen gepolstert, stieg ich wieder in mein viertes Stockwerk hinauf. Ich demütigte mich vor Madame Marques, nahm das hornartige Beefsteak entgegen und verbrachte meine erste Nacht als Millionär gähnend im einsamen Bette, während nebenan der lustige Couceiro, der schäbige Leutnant mit einem Monatssold von fünfzehn Milreis, mit Donna Augusta schäkerte und auf seiner Gitarre das »Couplet von der Haubenlerche« klimperte. –

Erst am folgenden Morgen dachte ich, während ich mich rasierte, über den Ursprung meiner Millionen nach. Es hatte damit ohne Zweifel eine übernatürliche, verdächtige Bewandtnis.

Aber da mich meine rationalistische Weltanschauung daran hinderte, den unerwarteten Millionensegen einer großmütigen Laune Gottes oder des Teufels zuzuschreiben, da meine notdürftig zusammengelesenen Kenntnisse des Positivismus mir nicht erlaubten, den primären Ursachen, den letzten Gründen des Weltgeschehens nachzuspüren, entschloß ich mich kurzerhand, das Wunder als eine vollendete Tatsache hinzunehmen und es weidlich auszuschlachten. Darum fuhr ich schnell in meine Jacke und rannte spornstreichs zur London and Brazilian Bank … Dort warf ich ein Papier von tausend Pfund auf die Bank von England durch den Schalter und stieß das köstliche Wort hervor:

»Gold!«

Ein Kassierer riet mir mit flötender Stimme:

»Vielleicht wäre es bequemer für Sie, wenn Sie Banknoten nähmen ...«

Aber ich wiederholte trocken:

»Gold!«

Ich griff mit der Faust in den Haufen, wieder und immer wieder, und stopfte mir die Taschen voll. Auf der Straße schwang ich mich, mit Gold gepanzert, in eine Kalesche. Ich fühlte mich dick und fett; ein Geschmack nach gediegenem Golde prickelte auf meiner Zunge; ich hatte das eigentümliche Gefühl von trockenem Goldstaub in den Händen; die Häusermauern schienen mir wie lange Goldflächen zu glänzen, und in meinem Gehirn verspürte ich das leise Geräusch klirrenden Edelmetalls, es war, als rollten darin die Wogen eines goldnen Ozeans.

Während mein Unterkörper infolge der Schwingungen der weichen Wagenfedern wie eine quallige Masse hin und her schaukelte, betrachtete ich mit dem stumpfen, gelangweilten Blick eines übersättigten Genießers das Straßengetriebe. Schließlich schob ich den Hut ins Genick, streckte die Beine lang, reckte den Bauch heraus und rülpste gewaltig unter den Blähungen meines Millionendünkels ... So rollte ich lange durch die Stadt, eingelullt in das rohe, viehische Behagen eines Nabob.

Plötzlich überkam mich das jähe Gelüst, zu verschwenden, mit Gold um mich zu werfen. Es war, als wäre ein Windstoß in die schwelende Glut meiner Gefühle gefahren.

»Halt, Esel!« schrie ich dem Kutscher zu.

Sofort standen die Pferde still.

Mit halbgeschlossenen Augen spähte ich in die Runde, um irgend etwas Teures zu entdecken: ein Diadem, das einer Königin würdig wäre, oder das Gewissen eines Staatsmannes.

Als ich nichts fand, stürzte ich in einen Zigarrenladen.

»Zigarren! ... Für einen Teston, einen Taler das Stück! ... Noch teurere! ... Für zehn Testone!«

»Wie viele?« fragte der Händler unterwürfig.

»Alle!« erwiderte ich schroff.

An der Tür stand eine arme Frau im Trauergewand. Sie hielt ein Kind an die Brust gepreßt und streckte mir bittend die durchsichtige Hand entgegen. Es war mir lästig, aus meinen Goldmünzen Kupfermünzen herauszusuchen. So stieß ich sie ungeduldig zurück und betrachtete, den Hut schief auf dem Kopfe, kalt das Menschengewühl.

Da näherte sich die gewichtige Gestalt meines Ministerialdirektors. Unwillkürlich knickte ich zusammen und zog den Hut so tief, daß er die Steinfliesen des Trottoirs streifte. Das altgewohnte Gefühl der Abhängigkeit zwang mich dazu: meine Millionen hatten mir noch nicht das Rückgrat gesteift ...

Zu Hause angelangt, breitete ich das Geld auf dem Bett aus und wälzte mich lange darin, indem ich vor dumpfem Entzücken grunzte. Vom benachbarten Kirchturm schlug es drei Uhr; rasch sank die Sonne am Himmel und entführte den ersten Tag meines

Millionärdaseins ... Und mit goldstrotzenden Taschen rannte ich fort, um meine fiebernde Lust zu kühlen! Was für ein Tag! Einsam, selbstsüchtig genießend, speiste ich in einem Chambre séparée des Hotel Central. Als wollte ich einen dreißigjährigen Durst löschen, hatte ich vom Kellner Bordeaux, Burgunder, Champagner, Rheinwein und Liköre sämtlicher religiöser Orden heranschleppen lassen. Aber nur am Collares trank ich mich satt. Dann wankte ich zum Lupanar. O welche Nacht! Als die Morgensonne durch die Jalousien drang, lag ich auf dem Teppich, halbnackt, zu Tode erschöpft. Leib und Seele schienen mir wie aufgelöst in jener stickigen Atmosphäre, in der sich der Geruch von Puder und Punsch mit den Ausdünstungen weiblicher Körper mischte ...

Als ich in die Travessa da Conceição kam, fand ich die Fensterläden meines Zimmers geschlossen. Die Messinglampe war im Verlöschen; ein schwaches Flämmchen zuckte noch matt empor. Ich taumelte auf mein Bett zu, und was sah ich? ... Quer über die Bettdecke gestreckt, lag da die dickbäuchige, in gelbe Seide gekleidete Gestalt eines Mandarins. Sein langer Zopf hing schlaff herab, und in den Armen hielt er einen zerknitterten Papierdrachen, der einen Papagei darstellte!

Entsetzt riß ich die Fensterläden auf, und der Spuk verschwand. Was ich jetzt auf dem Bett sah, war ein alter heller Überzieher.

III

Nun begann mein Millionärsdasein. Sehr bald verließ ich das Haus der Madame Marques, die mich, seit sie von meinem Reichtum wußte, mit süßlicher Liebenswürdigkeit behandelte. Sie bediente mich höchst eigenhändig im seidenen Sonntagskleide. Ich kaufte den gelben Palast im Loreto; jedermann kennt die fürstliche Pracht, mit der ich meine Wohnung einrichtete, dank der Indiskretion der »Illustration Française«. Mein Bett erfreute sich bald einer europäischen Berühmtheit. Sein Gestell war mit zizeliertem Gold überzogen; Vorhänge aus einem kostbaren, ganz einzigartigen schwarzen Brokat, der von Perlenstickereien strotzte, verhüllten es. Die Stickereien stellten übrigens erotische Verse Catulls dar. Im Innern dieses Tabernakels war eine Lampe aufgehängt, die, gleich dem Mondschein einer milden Sommernacht, milchweiß erstrahlte und zur Liebe lockte.

Die ersten Monate meines Reichtums widmete ich – warum soll ich es leugnen? – dem Liebesgenuß. Bebend, mit der naiven Aufrichtigkeit eines unerfahrenen Pagen, gab ich mich ihm hin. Ich hatte »sie« kennengelernt, wie es in Novellen zu geschehen pflegt: als sie die Nelkenstöcke in ihrer Veranda begoß. Sie hieß Candida, war klein und blond und wohnte im Stadtteil Buenos Aires in einem keuschen, von Kletterpflanzen überwachsenen Häuschen. In ihrer schlanken Grazie erinnerte sie mich an die feinsten, zartesten Schöpfungen der Kunst: an Mimi, Virginia und das Hannchen aus dem Tal von Santarem.

Allnächtlich fiel ich in mystischer Verzückung zu ihren Jaspisfüßen nieder. Jeden Morgen streute ich ihr Banknoten von zwanzig Milreis in den Schoß, die sie zuerst immer errötend zurückwies, später aber in ihrer Schublade aufstapelte. Sie nannte mich dafür ihr »süßes Hundemännel«.

Eines Tages trat ich in ihr Boudoir ein, wo sie, den kleinen Finger zierlich in die Luft spreizend, emsig schrieb. Sie hatte mein Kommen nicht bemerkt, denn der dicke Syrerteppich machte meine Schritte unhörbar. Als sie mich endlich sah, erbleichte sie, zitterte und versuchte, den mit ihrem Monogramm geschmückten Briefbogen zu verstekken. Von unsinniger Eifersucht gepackt, riß ich ihn ihr aus den Händen. Es war »der Brief«, der bekannte, unvermeidliche Brief, den seit undenklichen Zeiten das Weib schreibt – immer und immer wieder. Er fing an mit »Mein vergötterter Liebling!« und war an einen Unterleutnant in der Nachbarschaft gerichtet ...

Wie eine giftige Pflanze riß ich meine Liebe aus

dem Herzen. Für immer schwur ich den Glauben an blonde Engel ab, in deren blauen Augen noch der Widerschein des zürnenden Himmels nachzittert. Von der Höhe meiner goldenen Macht aus hohnlachte ich, einem Mephistopheles gleich, der Unschuld, der Scham und anderer verhängnisvoller Idealvorstellungen. Und kaltblütig, mit wahrhaft grandiosem Zynismus, frönte ich fortan dem niedrigsten, skrupellosesten Sinnengenuß.

Schlag zwölf Uhr mittags stieg ich in meine Badewanne aus rosafarbenem Marmor; das Wasser war mit allerlei schwer duftenden Essenzen vermengt und zeigte infolgedessen eine weißliche Färbung. Junge Pagen warteten mir auf; sie rieben und massierten mich mit einem Zeremoniell, das an feierliche Tempelbräuche erinnerte. Nach dem Bade hüllten sie mich in ein Morgengewand aus indischer Seide, und ich begab mich durch die Bildergalerie, in welcher ich hier einem Fortuny, da einem Corot einen Blick schenkte, zum Frühstück à l'anglaise, das auf blaugoldenem Sèvres serviert wurde. Auf dem ganzen Wege dahin mußte ich durch ein Spalier lautlos dienernder Lakaien.

Bei großer Hitze verbrachte ich die folgenden Stunden in einem Boudoir, dessen Mobiliar aus kostbarem Meißner Porzellan bestand und das mit seiner Blumenpracht dem Garten Armidas glich. In perlfarbene Atlaskissen geschmiegt, las ich mit Genuß das »Diário de Notícias«, während reizende Mädchen in japanischer Tracht die Luft mit Federfächern kühlten.

Nachmittags machte ich einen Spaziergang. Das war die beschwerlichste Stunde des Tages: auf meinen Stock gestützt, schleppte ich mich auf schlaffen Beinen bis zum Pote das Almas. Dabei gähnte ich wie eine gesättigte Bestie, und das gemeine Volk blieb stehen, um entzückt den gelangweilten Nabob anzustaunen!

Manchmal regte sich's in mir wie ein geheimes Sehnen nach den Zeiten meiner Bürotätigkeit. Dann eilte ich nach Hause und schloß mich in meine Bibliothek ein, wo das Wissen der Menschheit, in Maroquinleder gebunden, weltvergessen schlummerte. Ich schnitt mir einen Entenkiel zurecht und beschäftigte mich stundenlang damit, auf mein geliebtes Stempelpapier von ehedem zu schreiben: »Hochgeehrter Herr! Ich habe die Ehre, Ihnen mitzuteilen ...«, »Ich habe die Ehre, Euer Hochwohlgeboren folgendes zu unterbreiten ...«

Mit Einbruch der Nacht verkündete ein Diener den Beginn der Hauptmahlzeit. Er tat dies, indem er nach altgotischer Weise einer silbernen Tuba melodische Signale entlockte, welche feierlich durch die Korridore hallten. Ich erhob mich und schritt zur Tafel, majestätisch einsam. Ein Schwarm von Lakaien in schwarzseidenen Livreen huschte lautlos, schattengleich einher, um die erlesensten Speisen und die teuersten Weine der Welt aufzutragen. Den ganzen Tisch bedeckte ein herrlicher Blumenflor; Kerzen und kristallene Kronleuchter funkelten, goldene Gefäße blitzten – und zwischen den ragenden

Tafelaufsätzen und Fruchtpyramiden kroch die Langeweile; sie mischte sich in die Düfte der Gerichte und legte sich wie ein feiner tödlicher Nebel auf die Pracht: mich ekelte.

Nachdem ich meinen Magen vollgestopft hatte, daß mir das Blut in beängstigender Weise zum Kopfe stieg, warf ich mich keuchend in die Kissen meines Coupés und fuhr nach dem Hause mit den grünen Jalousien, wo ich mir mit dem Raffinement eines Großtürken ein Treibhaus von Mädchenblumen eingerichtet hatte. Diese kleideten mich in eine Tunika aus frischer, duftender Seide, und ich versank, vor Wollust ächzend, im Schmutz der abscheulichsten Ausschweifungen ... Beim Morgengrauen schleppte man mich halbtot nach Hause; mechanisch bekreuzigte ich mich und schlief schnarchend ein. Da lag ich auf dem Rücken, leichenfahl, in kalten Schweiß gebadet – wie ein erschöpfter Tiberius.

Unterdessen kroch Lissabon vor mir auf dem Bauche. Die Vorhalle meines Palastes wimmelte beständig von Menschen aller Klassen. Wenn ich gelangweilt von der Galerie aus auf sie herabschaute, sah ich die blendendweiße Hemdbrust der Aristokratie leuchten, sah ich das seidige Schwarz der Priestersoutanen schimmern und den Schweiß der Plebs glänzen. Alle buhlten um meine Gunst, alle suchten mit widerlichem Speichellecken meinem Mund ein Lächeln zu entlocken und etwas von meinem Geld zu erschnappen. Bisweilen geruhte ich, irgendeinen Greis aus dem erlauchtesten Uradel zu empfangen. Er näherte sich mir mit so tiefen Verbeugungen, daß sein weißes Haar fast den Teppich berührte, und brachte stammelnd seine Schmeicheleien hervor. Auf seiner Hand sah man die dicken blauen Adern, in denen das Blut dreier Jahrhunderte floß – und diese Hand legte er huldigend auf die Brust, um mir einen Augenblick später seine geliebte Tochter als Gemahlin oder Konkubine anzubieten.

Alle Bürger Lissabons zeichneten mich durch Geschenke aus, als wäre ich ein Götze, auf dessen Altar die Menschheit Opfer häufen muß. Die einen widmeten mir überschwengliche Oden, andere überreichten mir mein Monogramm, das sie mit ihren eigenen Haaren gestickt hatten, viele brachten Pantoffeln oder Zigarren- und Zigarettenspitzen – jeder nach seiner Phantasie und seinen Absichten. Wenn mein müder Blick auf der Straße zufällig an einem Weibe hängenblieb, konnte ich sicher sein, daß am nächsten Tage ein Brief eintraf, in welchem mir das Geschöpf, Gattin oder Dirne, ihre Nacktheit, ihre Liebe und alle möglichen lasziven Gefälligkeiten anbot.

Die Journalisten zermarterten ihr Hirn, um Adjektive zu finden, die meine Größe richtig zum Ausdruck brächten. Zuerst war ich der erhabene Herr Theodor, dann rückte ich zum himmlischen Herrn Theodor auf, und schließlich nannte mich eine etwas überspannte Lokalzeitung den elysischen Herrn Theodor! Vor mir blieb kein Haupt bedeckt, ob es nun eine Krone oder den steifen Filzhut trug. Jeden

Tag wurde mir ein Ministerposten oder das Ehrenpräsidium einer religiösen Brüderschaft angeboten; immer lehnte ich voller Ekel ab.

Mittlerweile hatten die Gerüchte über meinen Reichtum die Grenzen der Monarchie überschritten. Der weltmännische »Figaro« sprach in jeder Nummer von mir und zog mich einem Heinrich V. vor; der unsterbliche Hanswurst, der unter dem Namen Saint-Genest schreibt, machte in seinen Artikeln krampfhafte Anstrengungen, mich für die Rettung Frankreichs zu ködern, und die ausländischen illustrierten Blätter brachten farbige Bilder, die dem Publikum einen Begriff von meiner fabelhaften Lebensführung gaben. Von allen Prinzessinnen Europas erhielt ich wappengeschmückte Briefe, in denen sie mir mittels Photographien und Dokumenten ihre körperlichen Vorzüge und das Alter ihrer fürstlichen Stammbäume begreiflich zu machen suchten. Zwei Witze, die ich in jenem Jahre machte, wurden durch die Drähte der Agence Havas über den Erdball telegrafiert, und ich kam in den Ruf, geistreicher zu sein als Voltaire, Rochefort oder irgendwer. Wenn sich meine Eingeweide knallend erleichterten, so erfuhr es die Menschheit durch die Zeitungen. Königen streckte ich Darlehen vor; Bürgerkriege unterstützte ich finanziell; von allen lateinischen Republiken, die den Golf von Mexiko umsäumen, wurde ich begaunert.

Und trotz all meiner Herrlichkeit führte ich ein trauriges Dasein.

Jedesmal, wenn ich nach Hause kam, wich ich

schaudernd vor derselben Vision zurück: auf der Türschwelle liegend oder quer über das goldene Bett gestreckt, fand ich jene korpulente, schwarzbezopfte Gestalt, die ein gelbes Gewand trug und einen Papagei in den Armen hielt ... Es war der Mandarin Ti Tschin-fu. Mit erhobener Faust stürzte ich hinein, und der Spuk verschwand.

Dann sank ich vernichtet, schweißtriefend in einen Lehnstuhl. Die Kerzen der Kronleuchter ließen den roten Seidendamast in blutigem Schein erglühen, und ich murmelte in das lastende Schweigen des Zimmers:

»Ich muß diesen Leichnam töten!«

Und doch! Nicht die Frechheit des greisenhaften, dickbäuchigen Phantoms, das sich's in meiner Wohnung, auf meinem Bett bequem machte, verleidete mir das Leben! Die Idee, einen Greis ermordet zu haben, hatte sich tief in mein Hirn gebohrt und saß darin fest wie ein Messer, das keine Macht der Welt herausreißen konnte. Ja, diese Idee war es, die mich mit unaussprechlichem Grauen erfüllte!

Nicht mit einem Strick hatte ich gemordet, wie es die Muselmanen tun; nicht nach der Art der Renaissance-Italiener, welche Gift in Syrakuser Wein reichten; auch nicht durch eins der klassischen Mittel, die in der Geschichte der Monarchie allerhöchste Sanktionierung erfuhren – der Dolch durch Dom Johann II., die Flinte durch Karl IX... Ich hatte ein Leben aus der Ferne, durch eine Klingel vernichtet. Es war absurd, phantastisch, lächerlich; aber es verminderte in nichts die düstere Tragik der Tatsache: Ich hatte einen Greis ermordet!

Ganz allmählich war diese Gewißheit in mir gewachsen, hatte sich in meiner Seele versteinert und beherrschte nun wie eine Säule in der Wüste mein ganzes inneres Leben. Wie weit auch meine Gedanken flohen, immer sahen sie am Horizont das schwarze, anklagende Mal emporragen. Wie hoch sich auch der Flug meiner Ideen erhob, immer wieder stießen sich ihre Schwingen an jenem Memento moralischen Elends wund.

Ach! Wenn man auch Leben und Tod als banale Veränderungen der Substanz betrachtet, die Vorstellung, daß man warmes Blut vergossen, daß man einen lebendigen Muskel zur ewigen Unbeweglichkeit verurteilt hat, bleibt immer grauenhaft!

Wenn ich mich nach dem Mittagsmahl auf das Sofa streckte und, von angenehmer Verdauungsmüdigkeit befallen, den Duft des neben mir stehenden Mokkas einsog, dauerte es nicht lange, so ertönte in mir, gleich dem melancholischen Chor, der aus Kerkermauern dringt, ein Summen anklagender Stimmen:

»Und doch bist du schuld daran, daß der ehrwürdige Ti Tschin-fu nie wieder das Glück genießen kann, in dem du schwelgst!«

Vergebens suchte ich mein Gewissen zu beschwichtigen, indem ich es an die Hinfälligkeit des Mandarins und an seine unheilbare Gicht erinnerte ... Gereizt, streitlustig fuhr es empor und erwiderte mit schlagfertiger Beredsamkeit:

»Auch in seiner bescheidensten Betätigung stellt das Leben ein unschätzbares Gut dar! Denn sein Reiz liegt in seinem Prinzip, nicht in der Fülle seiner Äußerungen!«

Ich bäumte mich gegen diese pedantische, schulmeisterliche Phrasendrescherei auf, und indem ich den Kopf in den Nacken warf, schrie ich mit verzweifelter Arroganz:

»Gut also: Ich habe ihn getötet! ... Um so besser! ... Was willst du von mir? ... Mit deinem großen Namen ›Gewissen‹ kannst du mich nicht einschüchtern! Du bist ja nur die verunglückte Ausgeburt meiner überreizten, überempfindlichen Nerven. Mit ein wenig Orangengeist kann ich dich ausschalten!«

Und ich fühlte, wie gleich einer milden Brise ein sanft-ironisches Flüstern durch meine Seele strich:

»Gut! So iß, schlafe, bade und liebe!«

Das tat ich dann auch. – Aber bald erschien meinen entsetzten Augen sogar das feine, weiße Linnen meines Bettes wie ein unheimlich leuchtendes Leichentuch, das duftende Wasser, in das ich tauchte, ließ meine Haut erschauern, als benetzte sie kaltes, gerinnendes Blut, und die nackten Brüste meiner Geliebten stimmten mich traurig wie Marmorsteine auf dem Grabe eines Toten!

Da überkam mich eine noch viel größere Bitterkeit: Ich begann, an die Familie Ti Tschin-fu zu denken. Er hatte gewiß eine zahlreiche Verwandtschaft: Enkel, zarte Urenkel, die arm durch China irrten und alle Qualen des menschlichen Elends auskosteten.

Vielleicht fehlte es ihnen sogar an Reis, an Kleidung, niemand reichte ihnen ein Almosen; die schlammige Straße war ihre Wohnung ... Und ich hatte sie um ihr Erbe gebracht! Ich fraß es auf in Schalen aus Sèvres-Porzellan, umgeben von dem Luxus eines verschwenderischen Sultans!

Jetzt begriff ich, warum mich die feiste Gestalt des alten Gelehrten verfolgte, und von seinen Lippen, welche die langen weißen Haare seines Schnurrbartes beschatteten, schien mir der verzweifelte Vorwurf entgegenzutönen: – »Ich führe nicht Klage um mich, der ich schon ein halber Leichnam war; ich beweine die Unglücklichen, die du vernichtet hast und die zu derselben Stunde, wo du von dem frischen Busen deiner Buhlerinnen kommst, vor Hunger stöhnen und vor Kälte zittern. Ich sehe sie auf der Brücke der Bettler, neben den Terrassen des Himmelstempels, elend zugrunde gehen. Sie sterben, eingepfercht in einen Haufen von Aussätzigen und Verbrechern!«

O raffinierte, echt chinesische Folter! Ich konnte kein Stück Brot mehr zum Munde führen, ohne mir sofort die hungernde Schar der kleinen Kinder, der Nachkommenschaft Ti Tschin-fus, vorzustellen. Wie nackte Vögelchen, die jämmerlich piepsend die Schnäbel im verlassenen Nest aufsperren, hörte ich sie im Geiste nach Nahrung schreien. Wenn ich in meinen warmen Mantel schlüpfte, tauchten in meiner Phantasie unglückliche Frauen auf, die, früher reizend und von allem chinesischen Komfort umgeben, nun im Winter froren und die roten Hände unter alten Seidenlappen versteckten. Die Ebenholzdecke meines Palastes erinnerte mich daran, daß die Familie des Mandarins jetzt wohl in Straßenrinnen schlief, von bösartigen Hunden noch im Schlafe verfolgt. In meinem weichgepolsterten Coupé mußte ich schaudernd daran denken, daß sie im harten asiatischen Winter auf grundlosen Wegen durchs Land irrten ...

Oh, wie ich litt! – Und dabei stand der neidische Lissaboner Pöbel gaffend vor meinem Palast und stellte resignierte Betrachtungen über das Glück an, das in diesen Mauern wohnen mußte!

Als ich schließlich sah, daß das Gewissen in mir wie eine gereizte Schlange weiterwütete, beschloß ich, den Beistand jenes Wesens zu erflehen, das, wie man sagt, stärker ist als das Gewissen, weil in seinen Händen die Macht der Gnade liegt.

Unglücklicherweise glaubte ich nicht an jenes Wesen ... Da nahm ich meine Zuflucht zu meiner alten Privatgottheit, der Schutzheiligen meiner Familie: der Schmerzensreichen Jungfrau. Und, königlich belohnt, beschwor ein ganzes Volk von Priestern und Domherren in Stadt- und Dorfkirchen Unsere Schmerzensreiche Jungfrau, sich gnädig meiner Seelennöte zu erbarmen ... Aber kein Trost kam aus jenen kaltherzigen Himmeln, zu denen seit Jahrtausenden das heiße Flehen menschlichen Elends emporsteigt.

Da bequemte ich mich in eigener Person zu Übungen demütiger Frömmigkeit, und Lissabon wurde Zeuge eines außergewöhnlichen Schauspiels: Ein

Reicher, ein Nabob warf sich vor den Altären in den Staub und stammelte mit gefalteten Händen das »Salve Regina«, als erblickte er im Gebet und im Himmelreich, das den Frommen in Aussicht gestellt wird, mehr als einen trügerischen Trost, den die Besitzenden ausklügelten, um die Besitzlosen zu beruhigen ... Ich gehöre dem Bürgertum an, und ich weiß, daß, wenn letzteres der darbenden Plebs ein fernes, angeblich erreichbares Paradies zeigt, es nur geschieht, um ihre Aufmerksamkeit von den vollen Geldschränken und den üppigen Tafeln der Reichen abzulenken.

Meine Unrast wuchs, und ich ließ Tausende von Messen lesen und singen, um die friedlose Seele Ti Tschin-fus zu beruhigen. Kindische Verblendung eines peninsularen Gehirnes! Als ob solch alter, hochgelehrter Mandarin, ein Mitglied der Akademie der Han-Lin und wahrscheinlich Mitarbeiter an der großen Enzyklopädie Khoû Tsuan-tschoû, die schon 78 730 Bände umfaßt, auf derartige Mittelchen reagieren könnte! Er huldigte sicher der positivistischen Moralphilosophie des Konfuzius ... Sicherlich war es ihm nie eingefallen, Buddha zu Ehren eine einzige duftende Kerze zu entzünden, und die Zeremonien des »mystischen Opfers« mußten seiner abscheulichen Grammatiker- und Zweiflerseele wie die Pantomimen der Hanswürste im Theater von Hongtung vorkommen!

Da gaben mir geriebene, mit allen Wassern katholischer Erfahrung gewaschene Prälaten einen schlauen

Rat: ich sollte das Wohlwollen Unserer Schmerzensreichen Jungfrau mit Blumen, Brokatstoffen und Juwelen erlisten, nicht anders, als gälte es, die Gunst einer Aspasia zu erkaufen. Und nach der Art eines fetten Bankiers, der sich eine Tänzerin durch das Geschenk einer parkumgebenen Villa gefügig macht, versuchte ich auf priesterlichen Rat hin, die süße Mutter der Menschheit zu bestechen, indem ich ihr eine Kathedrale aus weißem Marmor bauen ließ. Die verschwenderische Blumenpracht zwischen den filigranartig gemeißelten Pfeilern erinnerte an die Herrlichkeit des Paradieses; die blendende Lichtfülle der Kristallampen stellte den Glanz des gestirnten Himmels in den Schatten! ... Vergebliche Ausgaben! Der feine und gelehrte Kardinal Nani war selbst zur Einweihung der Kirche aus Rom gekommen; doch als ich an diesem Tage meine göttliche Gastfreundin in ihrem neuen Heim besuchte, sah ich jenseits der Glatzen der zelebrierenden Kleriker, durch den mystischen Nebel des Weihrauchs, nicht die blonde Königin der Gnade in blauem Gewande, – nein, ich sah den alten, schlitzäugigen Schuft mit seinem Papagei in den Armen! Ja, er war es – *ihm* schien die Feier zu gelten, *ihm* brachte ein ganzes Heer goldstrotzender Priester unter Orgelklängen seine endlosen Huldigungen dar!

Nun schob ich die ganze Schuld auf Lissabon: ich glaubte, ein schläfriges Milieu sei ein günstiger Nährboden für allerlei Wahnvorstellungen. Darum begab ich mich auf Reisen, und ich reiste wie ein gewöhnlicher Sterblicher, ohne Pomp, nur von einem Koffer und einem Lakai begleitet.

Ich besuchte, die klassische Reiseroute innehaltend, Paris, die banale Schweiz, London und die schweigenden Seen Schottlands; ich schlug mein Zelt vor den heiligen Mauern Jerusalems auf, und von Alexandria und Theben aus durchmaß ich die ganze Länge Ägyptens, das in seiner monumentalen Traurigkeit wie der Korridor eines Mausoleums anmutet. Ich lernte die Seekrankheit, langweilige Ruinen, die Enttäuschung des Boulevards und jenes Gefühl hilfloser Verlassenheit kennen, das einen inmitten fremder Menschenmassen befällt ... Und mein Seelenzustand verschlimmerte sich von Tag zu Tag.

Jetzt quälte mich nicht mehr der Gedanke allein, eine ehrenwerte Familie beraubt zu haben. Mein Gewissen klagte mich eines weit schlimmeren, weil folgenschwereren Verbrechens an: ich hatte eine ganze Volksgemeinschaft um eine fundamentale Persönlichkeit, einen erfahrenen Wissenschaftler, eine Säule der Ordnung, eine Stütze des Verwaltungsapparates gebracht. Außerdem kann man aus einem Staate nicht einen Faktor von hundertsechstausend Contos reißen, ohne sein Gleichgewicht empfindlich zu stören. Dieser Gedanke erfüllte mich mit quälender Unruhe. Ich wollte um jeden Preis wissen, ob wirklich das Verschwinden Ti Tschin-fus dem morschen China verhängnisvoll geworden war. Daher las ich alle Hongkonger und Shanghaier Zeitungen; ich studierte bis in die Nacht hinein allerhand Reisebeschreibungen und fragte kluge Missionare aus. Und die Zeitungsartikel, die Menschen und die Bücher sprachen einstimmig von dem Verfall des Reiches der Mitte, von ruinierten Provinzen, sterbenden Städten, verhungerndem Volk, von Pestilenz und Aufruhr. Sie erzählten von Tempeln, die in Trümmer fielen, von krasser Gesetzlosigkeit, kurz, von der völligen Auflösung des chinesischen Staatswesens. Ich mußte den Eindruck gewinnen, als wäre China ein Wrack, dessen Planken eine nach der andern den brandenden Wogen zum Opfer fielen! ...

Und *mich* machte ich für das chinesische Elend verantwortlich! Mein krankhafter Geist überschätzte die Bedeutung Ti Tschin-fus in grotesker Weise: er erschien wie ein Cäsar, ein Moses, wie eins jener gottgesandten Genies, welche die Stärke einer Rasse bilden. Ich hatte ihn getötet, und mit ihm war die Lebenskraft seines Vaterlandes versiegt! Sein mächtiges Hirn hätte es vielleicht vermocht, durch geniale Maßnahmen jene alte asiatische Monarchie zu retten, und *ich* hatte die schöpferische Tätigkeit dieses Hirns zum Stillstand gebracht! Sein Vermögen hätte wesentlich dazu beigetragen, die Finanzkraft Chinas zu stärken, – und *ich* verpraßte es, zahlte Unsummen, nur um den Pariser Dirnen im Januar Pfirsiche bieten zu können! ... O ihr Freunde, damals machte ich die ungeheuren Gewissensqualen eines Menschen durch, der ein Kaiserreich vernichtet hat!

Um mich zu betäuben, stürzte ich mich in einen Strudel von Orgien. Ich richtete mich in einem Palast der Avenue des Champs-Elysées ein und – wurde ein Scheusal. Ich gab Feste à la Trimalchio; und in den Stunden wildester Zügellosigkeit, wenn alles unter dem Gellen brutaler Blechmusik tanzte, wenn die Dirnen mit entblößtem Busen obszöne Couplets kreischten, wenn meine Kumpane, die sich auf ihren Bierbankatheismus etwas zugute taten, die Champagnerkelche erhoben und Gott lästerten: in solchen Stunden packte mich, wie einen neuen Heliogabal, eine viehische Wut, ein wahnsinniger Haß auf alles, was denkt und fühlt: ich warf mich zu Boden und schrie auf gräßlich-klägliche Weise wie ein Esel ...

Aber noch tiefer wollte ich steigen: hinab in den Fuseldunst ekelhafter Kaschemmen, in den Lasterpfuhl des Auswurfs der Menschheit. Ich tat es – und oft geschah es, daß ich im Apachenkostüm, die Mütze im Nacken, inmitten einer betrunkenen Horde die äußeren Boulevards entlangtaumelte und, von häufigem Rülpsen unterbrochen, die Marseillaise grölte.

»Allons, enfants de la patrie-e-e! ...
Le jour de gloire est arrivé ...«

Eines Morgens kehrte ich von einem dieser Exzesse nach Hause zurück; es war zu der Stunde, wo es in der trüben Seele des Trunkenbolds ein wenig zu dämmern beginnt! Und gleich den Soldaten eines schlafenden Heerlagers, die auf ein Trompetensignal emporfahren, um einer nach dem andern automatisch ins Glied zu treten, erhoben sich andre Ideen in meinem Geiste, reihten sich aneinander und bildeten schließlich einen ungeheuerlichen Plan ... Ich würde nach Peking fahren, die Familie Ti Tschin-fus ausfindig machen, eine seiner Enkelinnen heiraten und dadurch meinem Millionenbesitz den Stempel der Rechtmäßigkeit aufdrücken. Dann würde ich dem alten Gelehrtengeschlecht wieder zu seinem früheren Wohlstand verhelfen. Um den Zorn des Mandarins zu beschwichtigen, müßte ich ihm natürlich eine pomphafte Leichenfeier bereiten. Ich würde ferner in die notleidenden Provinzen reisen und kolossale Mengen Reis verteilen. Der Kaiser würde mir den kristallenen Mandarinenknopf verleihen – die dazu nötigen Prüfungen zu bestehen konnte mir als Bakkalaureus nicht schwer fallen –, und ich würde die verschwundene Persönlichkeit Ti Tschin-fus ersetzen. So könnte ich auf durchaus rechtliche Weise sein Vaterland entschädigen. Wenn ich diesem auch nicht mit der Wissensfülle des Verstorbenen dienen konnte, so hatte ich wenigstens Gelegenheit, ihm mit der Macht seines Goldes beizustehen.

Manchmal kam mir dies alles wie ein unklares, nebelhaftes, kindisch-idealistisches Programm vor. Aber schon befand ich mich ganz im Banne meiner abenteuerlichen Wünsche. Widerstandslos, wie ein dürres Blatt vom Sturm, wurde ich von ihnen fortgerissen.

Ich verlangte, lechzte danach, die Erde Chinas zu betreten! – Nach umfassenden Vorbereitungen, die ich durch fürstliche Trinkgelder beschleunigte, fuhr ich nach Marseille. Dort hatte ich einen ganzen Postdampfer, die »Ceylon«, gemietet, und als am nächsten Morgen die ersten Sonnenstrahlen die Türme von Notre-Dame de la Garde, die sich auf einem düsteren Felsen erhebt, rot erglühen ließen, stach das Schiff in See. Stahlblau dehnte sich das Meer vor meinen Augen; über mir flatterten weiße Möwen ... Auf nach dem Orient!

IV

Nach einer ruhigen, einförmigen Fahrt langte die »Ceylon« in Shanghai an.

Von hier aus fuhren wir auf einem kleinen Dampfer der Companie Russel den Blauen Fluß hinauf. Ich war nicht hierhergekommen, um mir China nach Touristenart in müßiger Neugier anzusehen. Die ganze Landschaft jener Provinz ließ mich gleichgültig, ja, stimmte mich beinahe traurig. Sie erinnerte mit ihrem nebelblauen Farbton, ihren kahlen Hügelchen und den spärlichen Sträuchern, die ihre Zweige wie dürre Arme in die Luft streckten, an zwei Porzellanvasen.

Als der Kapitän des Dampfers, ein unverschämter Yankee mit einem Bocksgesicht, mir beim Passieren Nankings den Vorschlag machte, anzulegen, um die gewaltigen Ruinen der alten Porzellanstadt zu besuchen, lehnte ich mit einer schroffen Kopfbewegung ab. Ich hielt es nicht der Mühe wert, meinen melancholischen Blick von den schlammigen Fluten des Flusses zu wenden.

Wie langweilig und traurig erschien mir die tagelange Reise von Tientsin nach Tung-tschou! Wir fuhren in flachen Booten, die durch den Gestank der Ruderer verpestet wurden. Bald ging es durch niedriges, vom Pei-ho überschwemmtes Gelände, bald an endlosen, bleichen Reisfeldern entlang. Hier lag ein trübseliges Dorf, dessen Häuser aus schwarzem Schlamm erbaut waren, dort ein Feld, auf welchem zahlreiche gelbe Särge standen. Überall schwammen die grünlichen, aufgedunsenen Leichen von Bettlern herum; sie machten unter dem düsteren, niedrigen Himmel einen grauenhaften Eindruck!

In Tung-tschou nahm mich zu meiner Überraschung eine Kosakenabteilung in Empfang. Sie war mir von dem alten General Kamilloff, der sich in den Feldzügen in Zentralasien ausgezeichnet hatte und nun als russischer Gesandter in Peking lebte, geschickt worden. Ich war ihm als ein kostbares, seltenes Wesen empfohlen worden, und der geschwätzige Dolmetscher Sa To, den er mir zur Verfügung stellte, erklärte mir mit großem Wortschwall, daß mit dem kaiserlichen Siegel versehene Briefe den General von meiner Ankunft unterrichtet hätten. Die Briefe waren ihm vor einigen Wochen durch Kuriere der kaiserlichen Kanzlei überbracht worden. Die russischen Boten durchqueren Sibirien im Schlitten, steigen dann auf Kamelen bis zur großen tartarischen Mauer herab und händigen hier die Post den mongolischen, in scharlachrotes Leder gekleideten Läufern aus, die Tag und Nacht rennen, um Peking so schnell wie möglich zu erreichen.

Kamilloff schickte mir ein mandschurisches, mit seidenem Sattelzeug geputztes Pony nebst seiner Visitenkarte, auf der unter dem Namen einige mit Bleistift geschriebene Worte zu lesen waren; sie lauteten:

»Heil! Das Tier ist leicht zu lenken!«

Ich bestieg das Pony, und unter Hurrarufen und kriegerischem Lanzenschwenken der Kosaken ging es fort. Wir ritten in gestrecktem Galopp über die staubige Ebene, weil der Tag schon weit vorgeschritten war und die Tore Pekings geschlossen werden, sobald der letzte Sonnenstrahl auf die Türme des Himmelstempels fällt. Anfangs folgten wir einer Karawanenstraße; auf dieser lagen gewaltige Steinplatten umher, die man aus der uralten »Kaiserstraße« herausgerissen hatte. Dann ritten wir über die Brücke von Pa Li-kau, die ganz aus weißem Marmor gebaut und von stolz-dräuenden Drachen flankiert ist.

Nun geht es an Kanälen entlang, in denen schwarzes Wasser fließt; schon zeigen sich Obstgärten, hier und da ein bläulich schimmerndes Dörfchen, das sich um eine Pagode schmiegt – und plötzlich, an einer Wegbiegung, halte ich erstaunt an ...

Peking liegt vor mir! Ein unübersehbares Gemäuer von barbarischer Wucht und Größe! So weit das Auge reicht, erstreckt es sich, hebt sich seine babylonische Architektur vom purpurnen Abendhimmel ab, und die Tore mit ihren geschweiften Dächern erstrahlen in blutigem Schein.

Weit hinten im Norden erheben sich, in rötlichen

Dunst gehüllt, die Berge der Mongolei; sie sehen aus, als hingen sie in der Luft...

Eine prächtige Sänfte erwartete mich am Tore Tung-pien-men; sie sollte mich durch Peking tragen und in der militärischen Residenz Kamiloffs absetzen. Furchtbar, wie ein biblisches Babel, reckte sich die Stadt zum Himmel empor. Ihre Basis bildete ein dichtes Gewirr von Baracken, ein exotischer Markt, in dem der Lärm der Menge brandete. Das Licht der schwankenden Laternen warf schon einen blutroten Schein in die Dämmerung. Die weißen Zelte am Fuße der Mauer sahen aus wie Schmetterlinge, die sich zur Ruhe niedergelassen haben.

Traurig bestieg ich die Sänfte, schloß die rotseidenen, goldgestickten Vorhänge und zog, von Kosaken umringt, durch das bizarre Stadttor ins alte Peking ein.

Unser Weg führte durch das Gewühl schreiender Menschen, hastender Fahrzeuge, lackierter Tragstühle, mongolischer Reiter, die mit Pfeil und Bogen bewaffnet waren, im Gänsemarsch laufender Bonzen in schneeweißen Gewändern und endloser Reihen langsamer Dromedare, deren Lasten im Takt hin und her schwankten.

Nach kurzer Zeit hielt die Sänfte an. Der diensteifrige Sa To schob die Gardinen zurück, und ich fand mich in einem dunklen, schweigenden Garten wieder, wo zwischen jahrhundertealten Sykomoren sanft erleuchtete Kioske gleich riesigen Laternen auf dem Rasen standen und das Murmeln fließenden

Wassers von allen Seiten an mein Ohr drang. Unter einem von herabhängenden Lampions erleuchteten Säulengang, dessen Stützen aus zinnoberrot bemalten Balken bestanden, erwartete mich, auf einen gewaltigen Säbel gestützt, ein athletisch gebauter Greis mit weißem Schnurrbart. Es war der General Kamilloff. Als ich auf ihn zutrat, hörte ich unter den Bäumen den leichten Schritt fliehender Gazellen ...

Der alte Haudegen zog mich an seine Brust und führte mich dann nach chinesischer Sitte zum gastlichen Bade, einer mächtigen Porzellanwanne, in deren nach Flieder duftendem Wasser zwischen Zitronenscheiben weiße Schwämme schwammen ...

Bald darauf ergoß der Mond sein liebliches Licht über die Gärten. Vom Bade erfrischt, trat ich nun im Gesellschaftsanzug am Arme Kamilloffs in das Boudoir der Generalin. Groß und blond, erinnerte sie mit ihren grünen Augen an Homers Sirenen. In dem tiefen Busenausschnitt ihres weißseidenen Kleides stak eine scharlachrote Rose. Als ich ihre Finger küßte, strömte mir von ihnen feiner Duft von Sandel und Tee entgegen.

Wir plauderten viel über Europa und den Nihilismus, über Zola, Leo XIII. und die Magerkeit der Sarah Bernhardt ...

Durch die offene Veranda drang die warme, vom Heliotrop geschwängerte Luft. Dann setzte sich die Generalin ans Klavier, und bis spät in die Nacht hinein erfüllte ihre Altstimme das melancholische Schweigen der Tartarenstadt. Sie sang die pikanten

Arien aus »Madame Favart« und die einschmeicheln-
den Weisen aus dem »König von Lahore«.

In der Frühe des folgenden Tages saß ich mit dem General in einem der Kioske des Gartens und erzählte ihm meine traurige Geschichte, verschwieg auch nicht die fabelhaften Gründe, die mich nach Peking geführt hatten. Der alte Krieger hörte mir zu, indem er mit düsterem Ernst seinen dichten Kosakenschnurrbart strich.

»Verstehen Sie Chinesisch?« fragte er mich plötzlich und sah mich mit seinem scharfen Auge fest an.

»Ich kenne zwei wichtige Wörter, Herr General: Mandarin und Tee.«

Er fuhr sich mit der Hand, auf der dickgeschwollene Adern sichtbar waren, über die furchtbare Narbe auf seiner Glatze.

»›Mandarin‹, mein Freund, ist kein chinesisches Wort; niemand versteht es in China. Es ist der Name, den im sechzehnten Jahrhundert die Seefahrer Ihres Landes, Ihres schönen Landes ...«

»Als wir Seefahrer hatten ...«, murmelte ich seufzend.

Als höflicher Mann seufzte auch er und fuhr fort:

»... den Ihre Seefahrer den chinesischen Würdenträgern gaben. Der Name kommt von Ihrem hübschen Wort ...

»Als wir Wörter hatten ...«, brummte ich, nach alter Gewohnheit mein Vaterland verkleinernd.

Er riß einen Augenblick seine runden Uhuaugen auf, sprach aber dann mit ruhigem Ernst weiter:

»... von Ihrem hübschen Wort ›mandar‹ ... Es bleibt also das Wort ›Tee‹ übrig. Gewiß spielt es im chinesischen Leben eine große Rolle; aber ich bezweifle, daß es für alle geschäftlichen Verhältnisse ausreicht. Sie wollen, verehrter Freund, eine Dame der Familie Ti Tschin-fu ehelichen – Sie wollen denselben großen Einfluß ausüben wie der Mandarin, wollen den vielbeweinten Verblichenen in häuslicher und sozialer Beziehung ersetzen ... Und für all dieses verfügen Sie über das Wort Tee. Das ist wenig.«

Ich konnte es nicht leugnen – es war wenig. Der verehrungswürdige Russe kräuselte seine krumme Geiernase und machte andere Einwände, die sich meinen Wünschen wie die unüberwindlichen Mauern Pekings entgegenstellten: Keine Dame der Familie Ti tschin-fu würde jemals einwilligen, einen Barbaren zu heiraten. Auch wäre es unmöglich, durchaus unmöglich, daß der Kaiser, der Sohn der Sonne, einem Fremden die privilegierten Ehren eines Mandarins zuteil werden ließe.

»Aber warum sollte er sie mir verweigern?« rief ich aus. »Ich gehöre einer guten Familie der Provinz Minho an. Ich habe mein Bakkalaureusexamen bestanden; folglich bin ich auch in China, wie in Coimbra, ein Gelehrter! Ich habe schon in einer Ministerialabteilung gearbeitet ... Ich besitze Millionen ... Ich beherrsche den Geschäftsteil der Regierung ...«

Der General verneigte sich respektvoll vor dieser Fülle von Fähigkeiten.

»Der Kaiser«, meinte er schließlich«, würde vielleicht gar nichts dagegen haben; nur würde derjenige, der mit einem solchen Vorschlag käme, augenblicklich enthauptet werden. Das chinesische Gesetz ist in diesem Punkte durchaus eindeutig und rücksichtslos.«

Betrübt senkte ich das Haupt.

»Aber, Herr General«, murmelte ich, »ich will doch nur diesen ekelhaften alten Kerl, den Ti Tschin-fu, und seinen Papagei loswerden! ... Wenn ich nun die Hälfte meiner Millionen dem chinesischen Staatsschatz auslieferte, da es mir ja leider nicht vergönnt sein wird, sie persönlich als Mandarin zum Heile des Reiches zu verwenden? ... Vielleicht würde das Ti Tschin-fu zur Ruhe bringen.«

Der General legte mir seine mächtige Hand väterlich-wohlwollend auf die Schulter und sagte:

»Da sind Sie ganz gewaltig auf dem Holzwege, junger Herr! Ihre Millionen würden niemals in den kaiserlichen Schatz gelangen, sondern in den unergründlichen Taschen der regierenden Kreise hängenbleiben. Die würden sie für eigene Bedürfnisse verschwenden, würden damit zum Beispiel Gärten anlegen, ihre Porzellansammlungen bereichern, kostbare Pelze kaufen und ihren Konkubinen Seidenstoffe schenken. Nicht den Hunger eines einzigen Chinesen würde man damit stillen, keinen einzigen Stein der öffentlichen Straßen damit ausbessern, ... Ihr Geld würde nur das asiatische Lotterleben verschlimmern. Die Seele Ti Tschin-fus kennt die

Zustände im Reiche genau und würde durch Ihr Vorgehen keineswegs beruhigt werden.«

»Oder wenn ich einen Teil des Vermögens des alten Schuftes dazu verwendete, privatim, als Menschenfreund, gewaltige Reismengen unter das hungernde Volk zu verteilen? ... Es ist nur eine Idee ...«

»Und zwar eine verhängnisvolle«, fiel der General ein, indem er die Stirn in fürchterlicher Weise in Falten legte. »Der kaiserliche Hof würde dahinter sofort ehrgeizige Bestrebungen wittern, die Absicht, sich auf krummen Wegen in die Volksgunst zu schleichen: kurz, eine Gefahr für die Dynastie ... Man würde Sie einfach enthaupten, lieber Freund ... Jaja, der Fall ist schwierig ...«

»Verdammt!« schrie ich. »Wozu bin ich nach China gekommen?«

Der Diplomat zog langsam die Schultern in die Höhe; gleich darauf aber entblößte ein listiges Lächeln seine gelben Kosakenzähne, und er sagte:

»Handeln Sie! Suchen Sie die Familie Ti Tschin-fus! Ich werde mich beim Ministerpräsidenten, Seiner Exzellenz dem Prinzen Tong, erkundigen, wo diese interessante Nachkommenschaft wohnt ... Trommeln Sie sie zusammen und werfen Sie den Leuten ein oder zwei Dutzend Millionen hin ... Dann veranstalten Sie dem Verstorbenen zu Ehren eine fürstliche Trauerfeier mit allen erdenklichen chinesischen Zeremonien: Der Leichenzug muß eine Meile lang sein; Sie müssen Scharen von Bonzen aufbieten und dürfen auch mit Standarten, Palankinen, Lanzenreitern,

Federschmuck, scharlachroten Traggerüsten, schauerlich heulenden Klageweibern und so weiter nicht geizen ... Wenn nach all diesen Anstrengungen Ihr Gewissen nicht zur Ruhe kommt und das Phantom Sie weiter belästigt, dann ...«

»Dann? ...«

»Dann schneiden Sie sich die Gurgel durch.«

»Danke, Herr General.«

Indessen waren sich Kamilloff, der devote Sa To und die Generalin über einen Punkt völlig klar: Wenn ich mit der Familie Ti Tschin-fus verkehren, an der Totenfeier teilnehmen und mich in das Pekinger Leben mischen wollte, mußte ich mich wie ein reicher Chinese aus der Klasse der Gelehrten kleiden, und ich mußte es sofort tun, um mich an die Tracht, die Manieren und das unter Mandarinen übliche Zeremoniell zu gewöhnen.

Mein gelbliches Gesicht und mein langer, hängender Schnurrbart begünstigten diese Verkleidung. Die geschickten Schneider der Straße Cha-Kua taten ein übriges, und als ich am folgenden Morgen den mit roter Seide tapezierten Saal Kamilloffs betrat, wo schon das Frühstück auf glänzendem Porzellan winkte, wich die Generalin vor mir zurück, als wäre Tong Tsché, der Sohn des Himmels, in eigener Person erschienen.

Ich trug eine an den Seiten zugeknöpfte Tunika aus dunkelblauem Brokatstoff; der Brustlatz war reich mit Drachen und goldenen Blumen bestickt. Darüber bauschte sich eine kurze, weite Seidenjacke von hellerem Blau. Haselnußfarbige Atlashosen fielen an den Beinen herab, ließen aber noch die prächtigen gelben Babuschen und ein wenig von den Strümpfen sehen. Erstere waren mit Perlen bestickt, letztere mit schwarzen Sternchen durchwirkt. Um meinen Leib schlang sich eine hübsche, mit silbernen Fransen geschmückte Schärpe. Darin stak einer jener Bambusfächer, die von den Bildern des Philosophen Laotse bekannt sind und in Swaton hergestellt werden.

Schon machten sich die geheimnisvollen Wechselbeziehungen geltend, welche zwischen Tracht und Charakter bestehen. Chinesische Ideen und Instinkte begannen sich in mir zu regen: die Lust an peinlichster Erfüllung der Etikettevorschriften, der bürokratische Respekt vor herkömmlichen Zeremonien, ein wenig von dem Skeptizismus der Gelehrtenkaste; aber auch eine hündische Angst vor dem Kaiser, der Haß gegen alles Fremde, der tiefeingewurzelte Fanatismus, der Geschmack an stark gezuckerten Dingen ...

An Leib und Seele war ich schon vollständig ein Mandarin. Ich sagte nicht zur Generalin: »Bonjour, Madame«; nein, mich tief verneigend, schwang ich die geschlossenen Fäuste an die gesenkte Stirn und bot ihr mit feierlichem Ernste den landesüblichen Chin-Chin dar.

»Das ist ja entzückend! Das ist ja wunderbar!« rief sie mit ihrem hübschen Lächeln und klatschte fröhlich in die weißen Händchen.

An jenem Morgen gab es zu Ehren meiner neuen Inkarnation ein chinesisches Frühstück mit reizenden Servietten, die aus scharlachrotem Seidenpapier bestanden und mit fabelhaften Ungeheuern bemalt waren. Zuerst wurden Austern aus Ning-po serviert. Delikat! Mit dem innigen Behagen eines echten Chinesen verschlang ich zwei Dutzend. Dann kamen lecker gebratene Haifischflossen, Hammelaugen mit gewiegtem Knoblauch, eine Schüssel Seerosen in Zuckersaft, Orangen aus Kanton und endlich der geheiligte Reis, der Reis der Ahnen.

Es war ein köstliches Mahl, und wir begossen es reichlich mit ausgezeichnetem Wein aus Chāochigne. Und mit welchem Genuß nahm ich zum Schluß meine Tasse mit siedendem Wasser entgegen, in das ich eine Prise kaiserlichen Tees warf! Dieser Tee stammte aus der ersten Märzernte, jener einzigen, die von reinen, jungfräulichen Händen unter feierlichem Ritus vollzogen wird.

Während wir dann rauchten, traten zwei Sängerinnen ein, und lange lauschten wir ihren guttural gefärbten Stimmen. Sie boten alte Lieder aus den Zeiten der Ming-Dynastie. Zwei am Boden kauernde Tartaren begleiteten sie auf Gitarren, die mit Schlangenhäuten bezogen waren. Es war eine melancholische, barbarische Musik.

Ja, China hat Reize von seltenem, einzigartigem Geschmack ...

Darauf sang uns die blonde Generalin mit sprühender Laune die »Frau mit dem Barte«, und als der

General mit seiner Kosakeneskorte nach dem Yamen des Prinzen Tong aufbrach, um dort Erkundigungen über den Aufenthalt der Familie Ti Tschin-fus einzuziehen, verließ auch ich das Haus. Durch das reiche, vortreffliche Mahl in prächtige Stimmung versetzt, wollte ich mir mit Sa To Peking ansehen.

Die Wohnung Kamilloffs war in der Tartarenstadt, im vornehmen Militärviertel gelegen. Daselbst herrscht eine beinahe klösterliche Ruhe. Die Straßen wirken wie breite, von schweren Wagenrädern zerfurchte Dorfwege, und fast immer geht man an irgendeiner Mauer entlang, über die waagerechte Sykomorenzweige ragen.

Ab und zu flitzt ein von einem mongolischen Pony gezogener Karren, dessen hohe Räder mit goldenen Nägeln beschlagen sind, an einem vorüber. Alles an dem Fahrzeug befindet sich in zitternder Bewegung: das Zeltdach, die herabhängenden seidenen Vorhänge, die Federbüsche an den Ecken. Und im Innern erspäht man eine hübsche chinesische Dame; sie ist ganz in lichten Brokatstoff gekleidet und trägt reichen Blumenschmuck im Haar. Mit hochmütiger, gelangweilter Miene läßt sie spielerisch zwei silberne Reifen um ihr Handgelenk kreisen. Dann sieht man die aristokratische Sänfte eines Mandarins vorbeischwanken. Blaugekleidete, keuchende Kulis mit gelösten Zöpfen tragen sie im Laufschritt nach den Regierungspalästen. Voran rennt die zerlumpte Dienerschaft und schwingt die an langen Stangen hängenden Insignien der Staatsgewalt: wallende Seidenstreifen mit eingestickten Inschriften. Und in der Sänfte sitzt ein wohlbeleibter Würdenträger mit einer enormen Brille vor den Augen; er blättert in seinen Papieren oder macht mit herabgesunkenem Unterkiefer ein Nickerchen.

Jeden Augenblick blieben wir stehen, um die prächtigen Läden zu betrachten, auf deren fahnenartigen, scharlachroten Aushängeschildern goldene Buchstaben prangten. Im Innern ist es kirchenstill; lautlos wie Schatten gehen die Kunden umher und besichtigen die Kostbarkeiten: Porzellansachen aus der Zeit der Dynastie Ming, Bronzen, Emaillen, Elfenbeinschnitzereien, Seidenwaren, Waffen mit eingelegter Arbeit, wunderbare Fächer aus Swaton. Hier und da steht eine frische, schiefäugige Verkäuferin in blauer Tunika und mit künstlichen Mohnblumen im Haar. Sie breitet einen prachtvollen Brokatstoff aus, den ein korpulenter Chinese mit auf dem Bauche gefalteten Händen entzückt bewundert. In der Tiefe des Bazars waltet der Händler selbst in stolzer, unbeweglicher Würde; er schreibt mit einem Griffel auf lange Sandelbrettchen. Der süßliche Duft, der von den Dingen ausströmt, benimmt uns und stimmt uns traurig.

Wir gelangen zu der Mauer, die die »Verbotene Stadt«, die heilige Residenz des Kaisers, umgibt. Vornehme Jünglinge kommen soeben von der Terrasse eines Tempels herab, wo sie sich im Bogenschießen geübt haben. Sa To nannte mir ihre Namen: sie gehörten zu der erlesenen Garde, die bei feierlichen

Anlässen den gelbseidenen, mit Drachen bestickten Sonnenschirm begleitet – das geheiligte Wahrzeichen des Kaisers. Sie alle verneigten sich tief vor einem eben vorübergehenden Greis mit ehrwürdigem Barte und der gelben Jacke, die nur die Alten tragen dürfen. Er sprach vor sich hin; in der Hand hielt er einen Stab, auf dem gezähmte Wachteln saßen ... Es war ein Grande des Kaiserreiches.

Seltsame Stadtviertel! Aber nichts machte mir mehr Spaß, als das vorschriftsmäßige Zeremoniell zu beobachten. Jeden Augenblick bemerkte ich an irgendeinem Gartenpförtchen zwei wohlbeleibte Mandarine, die sich beim Eintreten in Höflichkeiten und Rücksichtnahmen gegenseitig überboten. Dabei stießen sie das von der Etikette gebotene Lachen aus, das einem schrillen Meckern gleicht; und unter den unaufhörlichen Verbeugungen zitterten die langen Pfauenfedern possierlich auf ihrem Rücken.

Wenn ich dann in die Luft schaute, fiel mein Blick auf riesige Papierdrachen, die in Gestalt von Lindwürmern, Walfischen oder fabelhaften Vögeln dort oben umherschwebten: Der ganze Himmelsraum wimmelte von einer Legion bunter, schwankender Ungeheuer ...

»Sa To, ich habe genug von der Tartarenstadt! Nun möchte ich die chinesischen Viertel sehen ...«

Und schon dringen wir durch das greuliche Tor Tschi-men in die Chinesenstadt ein. Hier wohnt das Bürgertum, der Händler, der Pöbel. Wie auf einem Linienblatt laufen die Straßen nebeneinander hin, und in dem uralten schmierigen Boden, den der festgetretene Unrat der Jahrhunderte gebildet hat, erblickt man noch hier und da eine der rosafarbigen Marmorplatten, die einst, in der Blütezeit der Ming-Dynastie, die Straßen bedeckten.

Links und rechts sahen wir teils unbebautes Gelände, auf dem Rudel ausgehungerter Hunde heulen, teils düstere, elende Hütten, teils armselige Läden mit schmalen, betupften Holzschildern, die von eisernen Stangen herabbaumeln. In der Ferne erheben sich Triumphbögen; sie bestehen aus purpurroten Stützbalken, die oben durch ein rechteckiges Dach aus blaulackierten, emailleartig leuchtenden Ziegeln verbunden sind. Eine dichte, lärmende Menschenmenge, in deren Kleidung ein graubrauner und bläulicher Farbton vorherrscht, flutet unaufhörlich durcheinander; alles ist in eine schmutziggelbe Staubwolke gehüllt; ein beizender Gestank strömt aus dem Gewühl des Pöbels, und alle Augenblicke spaltet eine Kamelkarawane, an deren Spitze düstere, in Hammelfelle gekleidete Mongolen reiten, langsam die Massen ...

Wir gingen bis zu den Kanalbrücken; an ihren Zugängen trieben halbnackte Gaukler ihr Wesen. Sie trugen Masken, welche scheußliche Dämonen darstellten, und führten Kunststücke mit barbarisch-listiger Schelmerei aus. Lange bewunderte ich auch die Astrologen, die in lange Gewänder gekleidet waren und auf dem Rücken angeklebte Papierungeheuer trugen. In diesem Aufzuge verkauften sie schreiend ihre Horoskope und Sterndeutungen. O einzigartige, märchenhafte Stadt!

Plötzlich ertönte lautes Gebrüll. Wir eilten hinzu: es war eine Schar von Gefangenen, die man an den Zöpfen zusammengebunden hatte. Ein Soldat, auf dessen Nase eine mächtige Brille thronte, trieb sie an, indem er mit seinem Sonnenschirm auf sie einhieb. In dieser Straße sah ich auch den geräuschvollen, fahnen- und wimpelstarrenden Leichenzug eines Mandarins. Einige Gruppen darin verbrannten Papiere in tragbaren Öfen; zerlumpte Klageweiber heulten vor Schmerz, indem sie sich auf Teppichen wälzten; darauf standen sie auf, und ein Kuli in weißem Trauerkleid schenkte ihnen aus einer großen Kanne in Vogelgestalt Tee ein.

Als wir am Tempel des Himmels vorbeikamen, sah ich, in eine kleine Gasse gepfercht, eine Legion von Bettlern. Ihre Bekleidung bestand in einem Ziegelstein, den sie an einer Schnur vor dem Leib trugen. Die Weiber, deren Haar mit alten Papierblumen durchflochten war, nagten ruhig an Knochen, und Kinderleichen, von Schmeißfliegen umschwärmt, verwesten neben ihnen. Dann stießen wir auf einen hölzernen Kerker, durch dessen Gitter ein Verurteilter bettelnd die entfleischten Hände streckte ... Zuletzt zeigte mir Sa To mit ehrfürchtiger Scheu einen engen Platz: dort ruhten auf steinernen Säulen kleine Käfige mit den Köpfen enthaupteter Menschen, und aus ihnen tröpfelte langsam zähes, schwarzes Blut ...

»Uff!« rief ich müde und verwirrt. »Sa To, jetzt will ich Ruhe, Schweigen und eine gute Zigarre.«

Er verneigte sich, und auf einer breiten Freitreppe führte er mich zur Stadtmauer empor. Diese bildet oben eine Esplanade, auf der vier Streitwagen stundenlang nebeneinander her fahren können.

Während Sa To, zwischen zwei Zinnen sitzend, sich nach der Art gelangweilter Ciceroni gründlich ausgähnte, rauchte ich und sah lange auf das ungeheure Peking hinab, das sich endlos zu meinen Füßen dehnte.

Es wirkt wie eine jener kolossalen Städte, von denen die Bibel erzählt – Babel oder Ninive, zu deren Durchquerung der Prophet Jonas drei Tage brauchte. Die grandiose, quadratisch angelegte Mauer begrenzt den Horizont nach allen vier Himmelsrichtungen hin. Von ihr heben sich die Tore mit ihren monumentalen Türmen ab, die infolge der Entfernung und des bläulichen Lufttons wie durchsichtig erscheinen. Und in dem ungeheuren Umkreis sieht man ein wirres Konglomerat von grauen Hainen, künstlichen Seen, Kanälen, die wie Stahlbänder glänzen, Marmorbrücken, Ruinenfeldern und lackierten Dächern, die im Sonnenlicht gleißen. Dazwischen bemerkt man heraldische Pagoden, weiße Tempelterrassen, Triumphbögen, Tausende von Kiosken, die aus dem Laubwerk der Gärten hervorragen – und dann Flächen, die wie mit Porzellan bestreut aussehen, und wieder andere, die an schmutzige Düngerhaufen erinnern. Und immer stößt der schweifende

Blick in regelmäßigen Abständen auf irgendeine der unheimlich dräuenden Bastionen der grauen Vorzeit.

Die Menschen nehmen sich neben diesen gewaltigen Bauwerken wie schwarze Sandkörnchen aus, die der Wind hin und her weht.

Hier, zwischen geheimnisvollen, verschwiegenen Hainen, liegt der weitläufig angelegte kaiserliche Palast mit seinen goldgelb funkelnden Dächern! Wie gern möchte ich in seine Geheimnisse eindringen und die barbarische Pracht dieser jahrhundertealten Dynastien schauen, die in den übereinanderliegenden Galerien entfaltet wird!

Auf der andern Seite erhebt sich der Turm des Himmelstempels, der an drei übereinander aufgespannte Sonnenschirme erinnert, ferner die große Säule der Urgesetze, priesterlich streng und nüchtern, und weiterhin die Jaspisterrassen des »Heiligtums der Läuterung«, die in einem matten, unirdischen Weiß leuchten ...

Dann frage ich Sa To, und mit ehrfürchtig erhobenem Finger zeigt er mir den »Tempel der Vorfahren«, den »Palast der Herrscherin Eintracht«, den »Pavillon der Blumen der Wissenschaft«, den »Kiosk der Geschichtsforscher«, deren Fayencedächer zwischen den sie umgebenden heiligen Hainen blau, grün und zitronengelb schimmern. Mit gierigen Augen verschlang ich diese Monumente des asiatischen Altertums; mich verlangte, ihre unzugänglichen Bewohner, das Wesen ihrer Institutionen, die

Bedeutung ihres Kultes, den Geist ihrer Wissenschaft, die Grammatik, das Dogma, das seltsame Innenleben eines chinesischen Gelehrtengehirns kennenzulernen ... Aber diese Welt ist unverletzlich wie ein Heiligtum.

Ich setzte mich auf die Mauer, und meine Blicke verloren sich in der Sandebene, die sich von den Stadttoren bis zu den Abhängen der mongolischen Berge erstreckt; hier wirbeln unablässig unendliche Staubwolken um die schwarzen Linien der Karawanen, die tagaus, tagein langsam dahinziehen ... Da überkam meine Seele eine tiefe Melancholie, die durch die Stille der einsamen Höhe zu einem Gefühl hilfloser Verzweiflung gesteigert wurde: Mich packte gleichsam eine Sehnsucht nach mir selbst; ich bejammerte mich, daß ich hier, verschlungen von einer rauhen, barbarischen Welt, so verlassen war. Mit feuchten Augen dachte ich an mein Heimatdorf am Minhostrand, an seinen eichenbeschatteten Kirchplatz, an das Wirtshaus mit dem Lorbeerzweige über der Tür, an die Werkstatt des Hufschmiedes, an die Bächlein, die so frisch und munter durch die grünenden Flachsfelder rieseln ...

Es war die Zeit, da die Tauben Peking verlassen, um gen Süden zu ziehen. Ich sah, wie sie aus den Hainen der Tempel und der kaiserlichen Pavillons flatterten, um sich über mir zu Scharen zu vereinigen. Jedes der Tierchen trägt, um gegen die Angriffe der Falken gefeit zu sein, ein leichtes Bambusröhrchen, das beim Zuge ein pfeifendes Geräusch erzeugt. Die weißen

Wolken glitten dahin, wie von einem weichen Lufthauch getrieben, und ihren Flug begleitete, gleich dem zitternden Ton der Äolsharfe, ein sanftes, melancholisches Seufzen, das sich in den bleichen Lüften verlor.

Nachdenklich und niedergeschlagen kehrte ich nach Hause zurück.

Als Kamilloff bei Tische seine Serviette auseinanderfaltete, fragte er mich gutmütig lächelnd, welchen Eindruck Peking auf mich gemacht habe.

»Peking, Herr General«, erwiderte ich, »erinnert mich lebhaft an die Verse des Dichters: ›An den Wassern Babylons saß ich ...‹«

»Peking ist ein Monstrum!« sagte Kamilloff und nickte sinnend mit seinem kahlen Schädel. »Und nun bedenken Sie, daß dieser Hauptstadt, die sich in der Gewalt der tartarischen Eroberer befindet, dreihundert Millionen Menschen gehorchen: eine schlaue, fleißige, abgehärtete, sich stark vermehrende, angriffslustige Gesellschaft ... Diese Menschen studieren unsere Wissenschaften ... Ein Glas Médoc gefällig, Theodor? ... Sie haben eine gewaltige Flotte! Das Heer, das früher glaubte, die Fremden mit feuerspeienden Papierdrachen vernichten zu können, ist jetzt nach preußischem Muster gedrillt und mit Zündnadelgewehren bewaffnet! ... Schlimm!«

»Und doch, Herr General: wenn man in meiner Heimat bei einer Unterhaltung über Macao auf China zu sprechen kommt, fahren sich die Patrioten mit den Fingern durch den Schopf und sagen geringschätzig: ›Wir schicken einfach fünfzig Mann hin und stecken China ein ...‹«

Auf diese Albernheit hin gab es ein Schweigen. Und nachdem er eine Zeitlang schrecklich gehustet hatte, murmelte der General nachsichtig:

»Portugal ist ein schönes Land ...«

»Es ist ein Saustall, Herr General!« fiel ich ihm brutal ins Wort.

Die Generalin schob mit Grazie einen Poulardenflügel auf den Rand ihres Tellers und sagte, indem sie ihren kleinen Finger abwischte:

»Es ist das Land, von dem Mignon singt – das Land, wo die Zitronen blühn ...«

Da regte sich der dicke Meriskoff, der Kanzleidirektor der Gesandtschaft. Er hatte an der deutschen Universität Bonn promoviert und war in den Fragen der Poesie wohlbeschlagen.

»Frau Generalin«, bemerkte er respektvoll, »das süße Land Mignons ist Italien: ... ›Kennst du das Land, wo die Zitronen blühn?‹ ... Der göttliche Goethe bezieht diese Worte auf Italien – Italia mater ... Nach Italien wird sich immer die Sehnsucht der empfindsamen Menschheit richten!«

»Ich ziehe Frankreich vor«, seufzte die Gattin des Ersten Sekretärs, ein sommersprossiges Püppchen mit fuchsrotem Haar.

»Ah! Frankreich! ...« schmachtete ein Attaché und verdrehte dabei verzückt die Augen.

Der dicke Meriskoff rückte seine goldene Brille zurecht.

»Frankreich«, dozierte er, »hat ein Übel: die soziale Frage.«

»Oh! Die soziale Frage! ...«, brummte düster Kamilloff.

»Ah! Die soziale Frage! ...«, sagte tiefsinnig der Attaché.

Und unter solch geistreichen Betrachtungen langten wir beim Kaffee an.

Als wir in den Garten hinabstiegen, lehnte sich die Generalin zärtlich auf meinen Arm und hauchte mir ins Ohr:

»Ach, könnte auch ich in jenen Ländern heißer Leidenschaft leben, wo die Orangen blühn!«

»Ja, dort versteht man zu lieben, Generalin!« flüsterte ich, indem ich sie sanft in das heimliche Dunkel der Sykomoren zog.

V

Eines ganzen, langen Sommers bedurfte es, um die Provinz ausfindig zu machen, in welcher der selige Ti Tschin-fu gelebt hatte!

Was für ein phantastischer, echt chinesischer Verwaltungsapparat wurde zu diesem Zwecke in Bewegung gesetzt! Der gefällige Kamilloff, der den ganzen Tag durch die verschiedenen Regierungsressorts rannte, hatte zunächst einmal zu beweisen, daß der Wunsch, einen alten Mandarin aufzustöbern, nicht eine Verschwörung gegen die Sicherheit des Reiches bedeutete. Ferner mußte er beschwören, daß hinter dieser Neugier nicht etwa ein Attentat auf die geheiligten Riten steckte! Erst dann war Prinz Tong beruhigt und gestattete das Einsetzen der kaiserlichen Nachforschungen. Hunderte von Schreibern rackerten sich Tag und Nacht mit dem Griffel in der Hand ab und schrieben Berichte auf Reispapier. Geheimnisvolle Konferenzen tagten unaufhörlich in allen Büros der Kaiserlichen Stadt, vom Astronomischen Institut bis hinab zum Wohlfahrtsamt, und ein ganzes Heer von Kulis war damit beschäftigt, von der russischen Gesandtschaft nach den Kiosken der Verbotenen Stadt und von da nach den Archiven Tragbahren zu schleppen, die unter der Last der alten Dokumente zu brechen drohten ...

Als Kamilloff nach dem Ergebnis der Bemühungen fragte, ward ihm die befriedigende Antwort, daß man dabei wäre, die heiligen Bücher von Laotse zu konsultieren, oder daß in alten Texten aus der Zeit Nor Ha-tschus gewälzt würde. Und um die Ungeduld des reizbaren Russen zu besänftigen, schickte ihm Prinz Tong mit seinen gewundenen Botschaften irgendein praktisches Geschenk, das in gefüllten Bonbons oder kandierten Bambusschößlingen bestand.

Während so der General mit Eifer nach der Familie Ti Tschin-fus fahndete, wob ich Stunden aus Seide und Gold (so sagt ein japanischer Dichter) zu den niedlichen Füßen der Generalin.

Unter den Sykomoren des Gartens stand ein Kiosk, den man nach poesievoller chinesischer Weise »Heimliches Glück« nannte. Daneben murmelte ein frischer Bach, über welchen eine kleine, rosa angestrichene Holzbrücke führte. Die Wände des Kiosks bestanden nur aus einem feinen Bambusgeflecht, das mit nankinggelber Seide überzogen war. Wenn die Sonne durchschien, war der Raum von einem unirdischen Licht erfüllt, das wie matter Opalschimmer wirkte. In der Mitte des Zimmers erhob sich ein schwellender Diwan, der mit seiner weißen Seidendecke die Poesie einer lichten Morgenwolke atmete und wie ein bräutliches Lager lockte. In den Ecken standen prächtige, durchscheinende Blumentöpfe aus der Epoche Yengs; scharlachrote japanische Lilien wuchsen daraus in aristokratischer Schlankheit empor. Der ganze Fußboden war mit weißen Nankingmatten belegt, und vor dem spitzenverhangenen Fenster stand auf einem eleganten Sandelholzsockel ein geöffneter Fächer, der aus dünnen Kristallklingen bestand, welche durch die eindringende Luft in leise Schwingung gerieten und unendlich zarte, ergreifende Töne erzeugten.

Die letzten Augustmorgen sind in Peking überaus lieblich; etwas wie herbstliche Wehmut irrt schon durch die Luft. Zu diesen Stunden war der Rat Meriskoff mit seinem Gesandtschaftsstab in der Kanzlei damit beschäftigt, die Post nach Petersburg zu besorgen. Ich aber schlich, den Fächer in der Hand, auf den Spitzen meiner Seidenbabuschen durch die Gartenpforte und öffnete leise die Tür zum »Heimlichen Glück«.

»Mimi? ...«

Und, süß wie ein Kuß, antwortete die Stimme der Generalin:

»All right ...«

Wie hübsch sie in ihrem chinesischen Damengewande aussah! Weiße Pfirsichblüten leuchteten in ihrem hochfrisierten Haar, dem Schwung und dem Glanz ihrer schwarzen Augenbrauen hatte sie durch Nankingtusche etwas nachgeholfen. Unter ihrem enganliegenden Gazehemd, das mit zarten Spitzen aus Filigrangold gesäumt war, wölbten sich kleine, starrende Brüste; weite, weiche Foulardbeinkleider von blaugrüner Farbe verliehen ihr den pikanten Reiz des Serails; sie fielen bis zu den feinen Fesseln herab und ließen Strümpfe aus gelber Seide hervorschimmern. Ihre Pantöffelchen waren so winzig, daß kaum drei Finger meiner Hand darin Platz fanden.

Sie hieß Wladimira, stammte aus der Gegend von Nishnij Nowgorod und war von einer alten Tante erzogen worden, die Rousseau bewunderte, den »Chevalier von Faublas« las und sich das Haar puderte. Sie war sozusagen die ins Kosakische übertragene Ausgabe einer galanten Versailler Dame gewesen.

Wladimiras Traum war, in Paris zu wohnen; und während sie mit zarter Hand den Tee bereitete, wollte sie von mir gewagte Kokottengeschichten hören. Auch gestand sie mir ihre Schwärmerei für den jüngeren Dumas ...

Ich streifte sanft den weiten Ärmel ihrer losen, fahlroten Chinesenjacke in die Höhe und ließ meine Lippen andächtig über die frische Haut ihrer schönen Arme wandern. Dann ruhten wir Brust an Brust, uns eng aneinander schmiegend, in stummer Seligkeit auf dem Diwan und lauschten dem äolischen Singen des Kristallfächers, den blauen Elstern, die draußen um die Platanen schwirrten, und dem leisen Plätschern des Baches.

Unsere feuchten Blicke fielen ab und zu auf den schwarzseidenen Baldachin, der sich über unserem Lager spannte. Er war – in chinesischen Schriftzeichen – mit Sprüchen aus dem »Heiligen Buch des Li Nun« bestickt, und diese Sprüche handelten von den »Pflichten der Ehegatten«. Aber keiner von uns beiden verstand das Chinesische ... Und schweigend tauschten wir von neuem lange, lange Küsse: die klangen (um in der blumigen Sprache jener Länder zu reden), wie wenn Perlen in eine silberne Schale fallen ... O süße Stunden in Pekings Gärten, wo seid ihr? Und wo seid ihr, verwelkte Blätter der Scharlachlilien Japans? ...

Eines Morgens stürmte Kamilloff in die Kanzlei, wo ich eben mit Meriskoff eine gemütliche Pfeife rauchte. Er warf seinen riesigen Säbel auf ein Kanapee und erzählte uns strahlend, was ihm der findige Prinz Tong mitgeteilt hatte. Es war endlich festgestellt worden, daß es tatsächlich einen reichen Mandarin namens Ti Tschin-fu gegeben hatte. Er war in Tien-ho, einem Städtchen im Grenzgebiet der Mongolei, ansässig gewesen und eines plötzlichen Todes gestorben. Seine zahlreiche Nachkommenschaft lebte dort elend in einer erbärmlichen Hütte ...

Diese Entdeckung verdankte man übrigens nicht dem Scharfsinn der kaiserlichen Bürokratie, sondern den Bemühungen eines Astrologen des Tempels von Fagua, der zwanzig Nächte hindurch das leuchtende Sternenarchiv des Himmels durchforscht hatte ...

»Theodor, das muß Ihr Mann sein!« rief Kamilloff.

Und Meriskoff wiederholte, indem er die Asche aus seiner Pfeife klopfte:

»Das muß Ihr Mann sein, Theodor!«

»Mein Mann ...«, murmelte ich finster.

Gewiß, es war vielleicht mein Mann! Aber es lockte

mich keineswegs, meinen Mann oder seine Familie mit einer langweiligen Karawane im äußersten, trostlosesten China zu suchen! ... Dazu kam, daß mir seit meiner Ankunft in Peking nie wieder die verhaßte Gestalt Ti Tschin-fus und seines Papageien erschienen war. Mein Gewissen war ruhig wie eine schlafende Taube. Sicher waren meine gewaltigen Anstrengungen der himmlischen Gerechtigkeit als eine genügende Strafe erschienen; durch meine Büßerfahrt war mir Absolution zuteil geworden: Hatte ich mich doch aus den Freuden des Boulevards und des Loretopalastes gerissen und die Meere durchfurcht, um ins Reich der Mitte zu gelangen.

Gewiß, Ti Tschin-fu hatte nun endlich Ruhe gefunden und sich mit seinem Papagei zur ewigen Unbeweglichkeit bequemt ... Wozu sollte ich also nach Tien-ho gehen? Warum sollte ich nicht lieber im liebenswürdigen Peking bleiben und Seerosen in Zuckersaft essen? Warum auf die süßen Liebesstunden im »Heimlichen Glück« und die schönen blauen Nachmittage verzichten, an denen ich, Arm in Arm mit Meriskoff, auf den Jaspisterrassen der Läuterung oder unter den Zedern des Himmelstempels spazierenzugehen pflegte?

Aber schon hatte der eifrige Kamilloff seinen Bleistift gezückt und markierte auf der Landkarte den Weg nach Tien-ho! Er zeigte mir eine verwirrende Menge von Schatten, welche Gebirge, von gewundenen Linien, welche Flüsse, und von Schraffierungen, welche Seen bedeuteten.

»So ist es!« schrie er. »Sie fahren bis nach Ni Ku-he

hinauf, das am Ufer des Pei-ho liegt ... Von hier aus geht es in flachen Booten nach My-yun. Hübsche Stadt – dort gibt es einen lebendigen Buddha ... Dann zu Pferde nach der Festung Tsche-hia. Nun passieren Sie die Große Mauer ... großartiger Anblick! ... Im Fort Ku Pi-ho wird gerastet. Dort können Sie Gazellen jagen ... prächtige Gazellen! ... Nach zweitägiger Wanderung sind Sie in Tien-ho ... Famos, was? Wann wollen Sie reisen? Morgen?«

»Morgen«, murmelte ich betrübt.

Arme Generalin! In jener Nacht, während Meriskoff im Hintergrunde des Saales mit drei Beamten der Gesandtschaft seinen unvermeidlichen Whist spielte und Kamilloff mit gekreuzten Armen in einer Sofaecke offenen Mundes und in feierlicher Haltung, als säße er in einem Armstuhl auf dem Wiener Kongreß, ein Schläfchen machte, setzte sie sich ans Piano. Ich hockte daneben wie ein vom Schicksal zerschmetterter Lara und drehte in düsterer Verzweiflung meinen Schnurrbart.

Und das süße Geschöpf präludierte und sang dann, die tränenschimmernden Augen auf mich richtend, mit ergreifend wehmütiger Stimme:

»L'oiseau s'envole, là-bas, là-bas!
L'oiseau s'envole, ne revient pas ...«

»Der Vogel wird wieder zum Nest zurückkehren«, murmelte ich gerührt.

Um meine Tränen zu verbergen, ging ich fort, und wütend knurrte ich:

»O Ti Tschin-fu, du Kanaille! Du bist schuld daran! Alter Lump! Alter Schurke!«

Am folgenden Tage ging's nach Tien-ho. Der ehrerbietige Sa To, ein langer Wagenzug, zwei Kosaken und eine gewaltige Meute von Kulis begleiteten mich.

Nachdem wir die Mauer der Tartarenstadt verlassen hatten, zogen wir lange an den heiligen Gärten entlang, die den Tempel des Konfuzius säumen. Es war Ende Oktober; die Blätter waren schon gelb, eine weiße, wehmütige Stimmung hing in der Luft.

Aus den heiligen Kiosken drang leiser Gesang, eintönig, traurig. Über die Terrassen krochen riesige Schlangen, die wie Gottheiten verehrt wurden; sie bewegten sich nur langsam vorwärts: die Kälte übte schon ihre erstarrende Wirkung auf sie aus. Dann und wann stießen wir auf alte, gebrechliche Buddhisten; sie waren dürr und ausgetrocknet wie Pergament, ihre Glieder knotig wie Baumwurzeln. So saßen sie mit gekreuzten Beinen unter den Sykomoren, unbeweglich wie Götzenbilder, und starrten unverwandt auf ihren Nabel: sie erwarteten die Vollendung des Nirwana.

Meine Trauer war so bleich wie der asiatische Oktoberhimmel, als ich von dannen zog und an die zwei schimmernden Tränenperlen dachte, die ich beim Abschied in den grünen Augen der Generalin gesehen hatte!

VI

Der Tag ging zur Rüste, und die Sonne sank wie ein rotglühender Metallschild tiefer und tiefer, als wir in Tien-ho ankamen.

Im Süden des schwarzen Häuserklumpens brüllt zwischen Felsen ein Gießbach; nach Osten zu dehnt sich die graue, staubige Ebene bis zu einer dunklen Hügelgruppe, aus der ein großes, weißes Gebäude hervorleuchtet: der Sitz einer katholischen Mission. Und ganz hinten, im äußersten Norden, sieht man die ewigen roten Berge der Mongolei, die wie Wolken in der Luft zu hängen scheinen.

Wir quartierten uns in einer stinkenden Baracke ein, die sich »Herberge zum irdischen Trost« nannte. Mir wurde das vornehmste Zimmer eingeräumt, das auf eine von Pfählen gestützte Galerie hinausging. Es war wunderlich mit ausgeschnittenen Papierdrachen geschmückt, die von den Balken der Decke herabhingen. Beim geringsten Luftzug fing diese Legion fabelhafter Ungeheuer an hin und her zu schwanken, und dabei entstand ein Geräusch, als ob dürres Laub auf geisterhaft-groteske Weise lebendig wird.

Vor Einbruch der Dunkelheit besichtigte ich mit Sa To die Stadt; aber bald flohen wir vor dem entsetzlichen Gestank der Gassen. Alles erschien mir schwarz: die elenden Hütten, der schmierige Lehmboden, das abfließende Regenwasser, die hungrigen Köter, der ekelhafte Pöbel ... Wir kehrten wieder zur Herberge zurück, wo mongolische Maultiertreiber und verlauste Kinder mich erstaunt anglotzten.

»Dieses ganze Pack kommt mir verdächtig vor«, sagte ich stirnrunzelnd zu Sa To.

»Euer Gnaden haben recht. Es ist ein greuliches Gelichter! Doch besteht keine Gefahr: Ehe wir aufbrachen, habe ich einen schwarzen Hahn getötet – die Göttin Kaonine muß also zufrieden sein. Euer Gnaden Schlaf wird von bösen Geistern nicht gestört werden ... Befehlen Euer Gnaden den Tee?«

»Ja, bringe ihn, Sa To!«

Nach dem Tee unterhielten wir uns über unseren großen Plan: Am kommenden Morgen würde ich Freude unter das elende Strohdach der Witwe Ti Tschin-fus tragen, indem ich ihr Mitteilung von den Millionen machte, die ich ihr schenkte und die schon in Peking auf sie warteten. Dann würde ich im Einverständnis mit dem hiesigen Gouverneur große Mengen Reis unter das Volk verteilen – nachts würde es Illumination und Tanzbelustigung geben: kurz, ein richtiges Volksfest.

»Was meinst du dazu, Sa To?«

»Auf Euer Gnaden Lippen wohnt die Weisheit des Konfuzius ... Es wird großartig werden, großartig!«

Aber nun wurde ich müde und fing bald an zu gähnen. Ich streckte mich auf die Schicht heißer Backsteine, die in chinesischen Gasthäusern als Bett dienen, hüllte mich in meinen Pelz und bekreuzigte mich, um bald darauf einzuschlafen. Im Traume erschienen mir die weißen Arme der Generalin und ihre grünen Sirenenaugen.

Etwa um Mitternacht weckte mich ein dumpfes Geräusch, das um unsere Baracke grollte. Es klang wie ein Windsturm im Walde oder wie die Brandung, die gegen hohe Ufermauern schlägt. Durch die offene Galerie drang der Mondschein, der traurige Mondschein des asiatischen Herbstes, und verlieh den von der Decke hängenden Drachen ein grausig-phantastisches Aussehen.

Ich erhob mich in nervöser Unruhe, als eine hohe, lebhaft gestikulierende Gestalt im Lichtstreifen des hereinfallenden Mondscheins auftauchte ...

»Ich bin's, Euer Gnaden!« ließ sich das furchtsame Flüstern Sa Tos vernehmen.

Und sogleich kauerte er neben meinem Lager nieder, um mir mit gewohntem Wortschwall und heiserer Stimme sehr beängstigende Dinge zu berichten: Während ich schlief, hatte sich in der Ortschaft das Gerücht verbreitet, daß ein Fremder, der fremde Teufel, mit großen Schätzen angekommen sei ... Schon bei Einbruch der Nacht hatte Sa To beobachtet, daß Subjekte mit Spitzbubengesichtern und gierig funkelnden Augen wie Schakale um die Baracke schlichen. Sofort hatte er den Kulis befohlen, die

Haustür mit den Bagagewagen zu verbarrikadieren; nach tartarischer Weise geschah dies so, daß man die Wagen im Halbkreis aufstellte ... Aber immer zahlreicher erschien das Gesindel. Soeben hatte Sa To durch ein Schiebefenster erspäht, daß der gesamte Pöbel von Tien-ho auf den Beinen war und unheilverkündend murrte ... Die Göttin Kaonine hatte sich also doch nicht mit dem Blut des schwarzen Hahnes zufriedengegeben! ... Außerdem hatte er gesehen, daß eine schwarze Ziege an der Tür einer Pagode zurückgewichen war! Es würde eine Schreckensnacht geben! ... Und sein armes Weib, Bein von seinem Bein, war so weit, war in Peking!

»Was nun, Sa To?« fragte ich.

»Was nun? ... Euer Gnaden ... ach! ...«

Er schwieg, und seine magere Gestalt erbebte. Er krümmte sich wie ein Hund unter der Peitsche. Ich schob den Feigling beiseite und trat auf die Galerie hinaus. Die Straße unter mir lag im tiefen Schatten des gegenüberstehenden Hauses, das mit einem Wetterdach versehen war. In der Tat wimmelte da unten eine dichte, schwarze Menschenmenge. Ab und zu geriet einer der umherschleichenden Kerle, die es auf die Wagen abgesehen hatten, in den hellen Teil der Straße. Sobald er aber den Mondschein auf seinem Gesicht spürte, sprang er schleunigst zurück und tauchte wieder in die Dunkelheit. Da das Wetterdach ziemlich tief angebracht war, fiel bisweilen ein Mondstrahl auf eine vorgestreckte Lanzenspitze und ließ sie blitzartig aufleuchten.

»Was wollt ihr Lumpenhunde?« schrie ich auf Portugiesisch.

Beim Klang dieser ungewohnten Stimme erhob sich ein Grunzen in der Finsternis; im nächsten Augenblick flog ein Stein an mir vorbei und zerriß die hinter mir befindliche Jalousie aus geöltem Papier. Dann ein scharfes Schwirren: ein Pfeil bohrte sich über meinem Kopf in einen Balken ...

Ich eilte in die Küche der Herberge hinab. Dort hockten meine Kulis in schlotternder Angst, während die beiden Kosaken, den bloßen Säbel überm Knie, seelenruhig am Herde saßen und ihre Pfeife rauchten.

Der alte Herbergswirt, eine zerlumpte Großmutter, die ich im Hafen gesehen hatte, wie sie einen Papierpapagei steigen ließ, die mongolischen Maultiertreiber, die verlausten Kinder – alle waren sie verschwunden. Nur ein Greis lag, vom Opiumrausch befangen, wie ein Sack in einer Ecke. Und draußen brüllte die wütende Menge.

Ich wandte mich ratlos an Sa To, der halb ohnmächtig an einem Pfosten lehnte. Wir beide waren unbewaffnet; die beiden Kosaken allein konnten nicht einem Überfall standhalten. Also mußten wir den Gouverneur wecken und ihm enthüllen, daß ich ein Freund Kamilloffs, ein Gast des Prinzen Tong sei; er mußte veranlaßt werden, die Menge zu zerstreuen und dem heiligen Gesetz der Gastfreundschaft Geltung zu verschaffen!

Aber Sa To gestand mir mit verlöschender Stimme,

daß der Gouverneur sicher in eigener Person den Überfall leitete! Alle, von den Spitzen der Behörde bis zum letzten Bettler, glaubten an die goldbeladenen Wagen und lechzten nach den Schätzen! Die Klugheit gebot mit heiligem, unerbittlichem Ernst, einen Teil der Schätze, der Maulesel und des Proviants zu opfern.

»Um hier zu bleiben, in diesem verfluchten Nest – ohne Hemden, ohne Geld und ohne Lebensmittel?«

»Aber mit dem lieben, kostbaren Leben, Euer Gnaden!«

Ich gab nach und beauftragte Sa To, den Halunken zu sagen, daß ich bereit wäre, große Geldsummen unter sie zu verteilen. Aber sie müßten sich dafür in ihre Hütten zurückziehen und in uns die von Buddha gesandten Gäste respektieren.

Sa To stieg zitternd auf die Galerie, um alsbald eifrig auf den Pöbel einzureden. Dabei fuchtelte er überzeugend mit den Armen und stieß seine Worte so heftig wie ein kläffender Hund hervor. Schon hatte ich einen Koffer geöffnet und reichte ihm Geldrollen und Säckchen zu, die er wie ein Sämann ausstreute … Unten tobte bei dem Metallregen ein wütender Tumult – dann ein Aufatmen befriedigter Gier, und darauf erwartungsvolle Stille: man wollte mehr haben.

Mehr!« stieß Sa To leise heraus, indem er sich ängstlich nach mir umdrehte.

Wenn auch entrüstet, gab ich ihm doch noch weitere Rollen, Beutel und durchlöcherte Münzen, die an Schnüren aufgereiht waren. Nun war der Koffer leer – und die unersättliche Horde tobte weiter.

»Mehr, Euer Gnaden!« flehte Sa To.

»Mehr habe ich nicht, Tropf! Das andre ist in Peking!«

»O heiliger Buddha! Verloren! Wir sind verloren!« jammerte Sa To und sank in die Knie.

Ein Weilchen verharrte der Pöbel in erwartungsvollem Schweigen. Plötzlich durchgellte ein wildes Geheul die Luft, und ich hörte, wie sich die gierige Bande auf die das Tor schützende Wagenburg stürzte. Unter dem Anprall ächzte und schwankte das ganze Gebälk der »Herberge zum irdischen Trost«.

Ich rannte auf die Veranda und sah, wie die verzweifelte Meute Hand an die umgestürzten Wagen legte.

Blitzende Äxte zertrümmerten die Kistendeckel, zahllose Messer zerschlitzten die ledernen Reisetaschen; und unter der Tür wehrten sich die Kosaken brüllend gegen die Messerhelden. Trotz des Mondscheins hatten die Räuber Fackeln mitgebracht, die wie Funken um die Baracke irrten. Durch das rauhe Geheul erschreckt, stimmten sämtliche Hunde der Umgegend in das Höllenkonzert ein. Aus allen Gassen quollen schattengleich neue Massen von Strolchen, die Spieße und krumme Sensen in den Händen schwangen.

Auf einmal hörte ich auch im Erdgeschoß den Tumult der Menge, die durch die zerschmetterte Tür eingedrungen war. Sicher suchte man mich, weil man annahm, daß ich das Kostbarste, Gold und Edelsteine, bei mir trüge. Entsetzen packte mich. Ich eilte zu einem Bambusgeländer, das auf den Hinterhof führte, riß es nieder und sprang hinab, um auf einem schmutzstarrenden, stinkenden Reisighaufen zu landen. Mein Pony, das an einen Pfahl angebunden war, wieherte und zerrte wütend an dem Halfter. Im Nu warf ich mich auf seinen Rücken und klammerte mich an seiner Mähne fest.

In diesem Augenblick drang aus der zertrümmerten Küchentür eine irrsinnig tobende Schar mit Laternen und Lanzen. In Todesangst riß sich das Pony los und sprang über einen Graben; ein Pfeil zischte an mir vorüber; dann traf mich ein Ziegelstein an der Schulter, ein andrer im Kreuz, ein dritter schlug an die Flanke des Ponys, ein vierter zerfetzte mir das Ohr! Meine Finger in die Mähne krampfend, keuchend, mit heraushängender Zunge, heftig am Ohre blutend, raste ich eine stockfinstere Straße entlang … Plötzlich sehe ich vor mir die Stadtmauer, eine Bastion: das Tor ist geschlossen!

Da, den sicheren Tod vor Augen – hinter mir hörte ich die mordlustige Meute heulen, und jede menschliche Hilfe versagte sich mir –, da brauchte ich Gott! Da glaubte ich an ihn und schrie zu ihm, daß er mich rette; und, halb wahnsinnig vor Angst, raffte ich wahllos, fetzenweise alles zusammen, was noch in den Falten meiner Seele an Gebetserinnerungen übrig war … Ich drehte mich auf dem Kreuz meines Tieres um und schaute rückwärts. Da sah ich in einiger Entfernung düsteren Fackelschein um die Ecke brechen – es waren die Feinde! Sofort machte ich eine halbe Wendung und preschte an der hohen Mauer entlang, die wie ein in rasender Hast sich abwickelndes schwarzes Band neben mir hinhuschte. Plötzlich entdeckte ich eine Bresche, ein Loch, aus dem allerlei Unkraut wucherte, und durch das Loch fällt mein Blick auf die Ebene, die im Mondlicht wie ein endloser, schlafender See aussieht! Ich sporne mein Tier an ... ein verzweifelter Sprung, der mich beinahe aus dem Sattel wirft ... und lange galoppiere ich durch die Einöde. Auf einmal stürzte mein Pony, und ich flog in einen Tümpel. Fauliges Wasser drang mir in den Mund, und meine Füße verfingen sich in den weichen Wurzeln der Wasserpflanzen. Als ich wieder festen Boden unter mir fühlte, sah ich in der Ferne mein Pony; es enteilte wie ein Schemen mit fliegenden Steigbügeln.

Nun mußte ich zu Fuß durch das wüste Gelände; oft sank ich tief in schlammigen Boden oder blieb in dichtem Dornengestrüpp hängen. Das Blut tropfte mir von meinem zerrissenen Ohr auf die Schulter; dabei fror ich jämmerlich unter meinem durchweichten Anzug, und manchmal schien mir's, als funkelten mich aus der Finsternis glühende Raubtieraugen an.

Schließlich gelangte ich an eine aus losen Steinen gebildete Einfriedigung, in welcher unter einem schwarzen Strauch ein Haufen gelber Särge lag: Die Chinesen setzen nicht selten ihre Toten auf einem

Felde aus und lassen sie dort verfaulen. Ich sank auf einen der Holzkästen nieder; aber ein grauenhafter Gestank quoll mir entgegen, und als ich mich auf den Händen erheben wollte, fühlte ich an ihnen eine ekle, klebrige Flüssigkeit, die aus den Fugen der Bretter sickerte ... Fort, nur fort! ... Aber meine Beine zitterten und versagten mir den Dienst, und Bäume, Felsen, das hohe Gras, alles fing an, sich um mich im Kreise zu drehen. Blutrote Funken tanzten vor meinen Augen; mir war, als fiele ich aus großer Höhe zur Erde hinab – langsam, wie eine schwebende Feder.

Als ich wieder zu mir kam, lag ich auf einer steinernen Bank ausgestreckt, die im Hofe eines großen klosterartigen Gebäudes stand. Stille herrschte ringsum, zwei Mönche vom Lazarusorden wuschen mir behutsam das Ohr. Kühler Wind wehte; die Zugrolle eines Brunnens knarrte gemütlich; ein Glöcklein rief zur Morgenandacht. Ich schaute umher und gewahrte eine weiße Häuserfassade mit vergitterten Fensterchen; auf dem Dache ragte ein Kreuz in die Luft. Da war mir, als grüßte mich aus dem Frieden des katholischen Klosters die wiedergefundene Heimat; ich fühlte mich geborgen und getröstet, und zwei milde Tränen rollten mir über die Wangen.

VII

In der Morgenfrühe hatten mich zwei Ordensbrüder auf ihrem Wege nach Tien-ho ohnmächtig aufgefunden. »Und«, meinte der heitere Pater Loriot, »es war die höchste Zeit!« Denn um meinen unbeweglichen Körper hockten schon zahlreiche Raben – jene plumpen, unheimlichen Raben der Tartarei – und schauten mich gierig an ...

Man brachte mich ungesäumt auf einer Tragbahre nach dem Kloster, und groß war die Freude der Brüdergemeinde, als sie erfuhr, daß ich ein Romane, ein Christ und ein Untertan des Allerchristlichsten Königspaares war. Das Kloster bildete den Mittelpunkt eines kleinen katholischen Fleckens, der sich an das massive Gebäude wie die Hütten der Leibeigenen an eine mittelalterliche Ritterburg schmiegte. Es datiert aus der Zeit, wo die ersten Missionare die Mandschurei durchzogen. Denn wir befinden uns hier an der Grenze Chinas: ganz in der Nähe beginnt die Mongolei, das Land des Grases, die unendliche dunkelgrüne Steppe. Gras, nichts als Gras, nur hier und da ein Teppich bunter Wiesenblumen.

Diese weiten, ebenen Fluren sind die Heimat der Nomaden. Von meinem Fenster aus konnte ich eine Menge dunkler, kreisförmig angeordneter Punkte beobachten: Zelte, die mit Filz oder mit Hammelfellen behangen waren. Zuweilen wohnte ich auch dem Aufbruch einer Horde bei; in langen Karawanen führten sie ihre Herden nach Osten.

Der Superior des Lazarusordens war der ausgezeichnete Pater Julius. Infolge seines langjährigen Aufenthaltes unter gelben Völkerschaften war er fast selbst zum Chinesen geworden. Als ich ihm im Kloster mit seiner roten Tunika, dem langen Zopf, dem ehrwürdigen Barte und dem riesigen Fächer begegnete, den er langsam hin und her bewegte, erschien er mir wie irgendein gelehrter Mandarin, der, vom Frieden eines Tempels umfangen, im Geiste das heilige Buch des Tschu auslegt. Er war ein Heiliger; aber der Knoblauchgeruch, den er ausströmte, würde selbst die zerknirschtesten, trostbedürftigsten Seelen in die Flucht gejagt haben.

Gern denke ich der Tage, die ich dort zubrachte! Mein weißgetünchtes Zimmer, dessen einziger Schmuck ein schwarzes Kreuz war, atmete die stille Beschaulichkeit einer Klosterzelle. Die Morgenglocke, die zur Frühmesse rief, weckte mich aus dem Schlummer, und aus Respekt vor den alten Missionaren ging auch ich in die Kapelle.

Rührung überschlich mich, wenn ich hier auf mongolischer Erde, fern meinem katholischen Vaterlande, den Pater sich vor dem Altar verneigen sah. Hell leuchtete sein kreuzbesticktes Meßgewand im Morgenlicht; und durch das Schweigen des kühlen Kirchleins raunte es ergreifend: »Dominus vobiscum« und »Et cum spiritu tuo ...«

Nachmittags pflegte ich in die Schule zu gehen und die kleinen Chinesen zu bewundern, wenn sie *hora, horae* deklinierten ... Und nach dem Abendbrot wandelte ich im Klosterhofe auf und ab und ließ mir von weiten Missionsreisen ins Land der Steppen, von gefährlichen Märschen, ausgestandenen Gefangenschaften und anderen Heldentaten der glaubensstarken Ordensbrüder erzählen.

Ich dagegen verriet den Klosterleuten nichts von meinen phantastischen Abenteuern: ich gab mich für einen Globetrotter aus, den nur die Neugierde über den Erdball trieb. Und indem ich der Heilung meines verwundeten Ohres entgegensah, gab ich mich, träge genießend, dem Zauber des Klosterfriedens hin.

Aber ich war entschlossen, China möglichst bald zu verlassen, denn jetzt haßte ich dieses barbarische Reich, haßte es grimmig!

Wenn ich daran dachte, daß ich aus dem äußersten Westen herbeigeeilt war, um in eine chinesische Provinz den Überfluß meiner Millionen zu bringen, und daß ich, kaum angekommen, mit Pfeilen empfangen, ausgeplündert und gesteinigt wurde, packte mich eine dumpfe Wut, und stundenlang rannte ich in meinem Zimmer umher und zermarterte mir das Gehirn, wie ich mich auf die schrecklichste Weise am Reich der Mitte rächen könnte!

Das war eigentlich nicht so schwer. Wenn ich mich mit meinen Millionen zurückzog, so übte ich die wirksamste Vergeltung! Übrigens erschien mir jetzt die Idee, die Persönlichkeit Ti Tschin-fus zum Wohle Chinas künstlich ins Leben zurückzurufen, als eine absurde, unsinnige Traumgeburt. Ich verstand weder die Sprache noch die Sitten und Gebräuche, noch die Gesetze, noch die Gelehrten dieser Rasse. Was hatte ich also hier zu suchen? Ich setzte mich nur den Angriffen eines gierigen Seeräubervolkes aus, das seit vierundvierzig Jahrhunderten eine Geißel der Meere und der Länder ist.

Außerdem hörte und sah ich schon lange nichts mehr von Ti Tschin-fu und seinem Papageien; gewiß waren sie beide wieder zum chinesischen Himmel der Vorfahren emporgestiegen. Es war bemerkenswert, wie die versöhnliche Haltung meines Plagegeistes in mir den Wunsch nach Buße abschwächte.

Ohne Zweifel hatte es der alte Gelehrte satt bekommen, jene seligen Gefilde zu verlassen, um sich auf meinen Möbeln zu lümmeln. Er hatte jedenfalls erkannt, wie ernst es mir dabei war, seiner Nachkommenschaft, seiner Provinz, ja, seiner ganzen Rasse nützlich zu sein, und befriedigt hatte er sich endlich zur ewigen Ruhe bequemt. Niemals würde ich wieder seinen gelben Wanst sehen müssen!

Wenn ich so spekulierte, kitzelte mich schon wieder die Lust, frei und sorglos meine Schätze zu genießen und im Loretopalast oder auf dem Boulevard den Honigseim der Zivilisation zu schlürfen.

Aber die Witwe Ti Tschin-fus, die niedlichen Damen seiner Nachkommenschaft, die kleinen Enkel? Durfte ich sie grausam verlassen? Sollten sie weiterhin hungernd und frierend durch die schwarzen Gassen Tien-hos irren? Nein! Sie waren schuldlos an den Steinwürfen des Pöbels. Und ich war Christ und genoß die Gastfreundschaft eines christlichen Klosters; auf meinem Nachttisch lag das Evangelium; mich umgaben Wesen, die als die fleischgewordene Barmherzigkeit gelten konnten ... Nein! Ich konnte China nicht verlassen, ohne denen, die ich beraubt hatte, den Überfluß, jene ehrbare Wohlhabenheit wiederzugeben, welche der Klassiker der kindlichen Frömmigkeit empfiehlt.

So schrieb ich denn an Kamilloff und erzählte ihm von meiner grauenhaften Flucht unter dem Steinhagel des chinesischen Mobs, von dem christlichen Asyl, das mir die Mission bereitet hatte. Letztere wohnte in der Cha-Coua-Straße neben dem Triumphbogen Tongs, dicht beim Tempel der Göttin Kaonine.

Der lustige Pater Loriot, der gerade in Missiongeschäften nach Peking reisen mußte, nahm diesen Brief mit. Ich hatte ihn mit dem Klostersiegel, einem Kreuz, das aus einer Flamme wächst, verschlossen.

Die Tage enteilten. Der erste Schnee leuchtete auf den nördlichen Bergen der Mandschurei, und ich vertrieb mir die Zeit, indem ich im Lande des Grases Gazellen jagte. Es waren Stunden gesunder, kräftigender Anstrengung, wenn ich in der scharfen

Morgenluft mit verhängtem Zügel über die Ebene sauste. Hei, wie die mich begleitenden mongolischen Jäger die Lanzen schwangen und dabei ihr gellendes Jagdgeheul ausstießen!

Zuweilen sprang eine Gazelle auf und schoß, die feinen Ohren nach hinten legend, in der Windrichtung davon. Da ließen wir den Jagdfalken auf sie los; der schwebte in ruhigem Fluge über ihr und hieb von Zeit zu Zeit mit seinem krummen Schnabel furchtbar auf ihren Schädel ein. Endlich sank sie tot am Rande eines Teiches nieder, von Wasserrosen bedeckt ... Da warfen sich die schwarzen tartarischen Hunde auf das verendete Tier, rissen ihm den Leib auf und zerrten ihm, im Blute watend, mit scharfen Zähnen die Eingeweide heraus.

Eines Tages erspähte der Klosterpförtner den lustigen Pater Loriot, der, aus Peking zurückkehrend, die steile Straße der Ansiedlung heraufhastete. Ihn beschwerte nicht nur der Rucksack, sondern noch eine andere Last: in seinen Armen ruhte ein kleines Menschenkind. Er hatte es verlassen, nackt, dem Tode nahe am Wegrand gefunden und sofort an einem Bache auf den Namen »Glücksfund« getauft. Und nun brachte er es mit; Rührung glänzte in seinen Augen. Der Gute schnaufte gewaltig, denn er hatte den Schritt aufs äußerste beschleunigt, um das ausgehungerte Geschöpf sobald als möglich mit der guten Milch der Klosterziege erquicken zu können.

Nachdem er die Mönche umarmt und sich die dicken Schweißtropfen von der Stirn gewischt hatte, zog er aus der Hosentasche einen Brief, auf dessen Siegel der russische Kaiseradler prangte.

»Das schickt Ihnen Papa Kamilloff, Freund Theodor. Es geht ihm sehr gut, und seiner Gemahlin desgleichen. Frisch und munter!«

Ich eilte in einen stillen Klosterwinkel, um ungestört zwei Seiten Prosa zu lesen. Der gute Kamilloff mit seiner strengen Glatze und seinen Uhuaugen! Wie prächtig, wie originell vereinte er mit dem feinen Takt des Kanzleiroutiniers die bissige Schalkhaftigkeit des humorbegabten Diplomaten! – Der Brief lautete folgendermaßen:

»Verehrter Gastfreund! Teuerster Theodor!

Als wir die ersten Zeilen Ihres Briefes lasen, waren wir aufs äußerste bestürzt! Aber die folgenden beruhigten uns wieder, denn aus ihnen ging hervor, daß Sie bei den frommen Brüdern der christlichen Mission weilen. Ich begab mich unverzüglich nach dem kaiserlichen Yamen und machte dem Prinzen Tong heftige Vorstellungen wegen des Skandals in Tien-ho. Seine Exzellenz war hocherfreut über die Botschaft! Denn wenn er auch als Privatmann den Schimpf, die Beraubung und die Steinwürfe, denen Sie zum Opfer gefallen sind, bedauert, so begrüßt er als Reichsminister in dem vorliegenden Falle eine prächtige Gelegenheit, aus der Stadt Tien-ho eine erfreuliche Summe herauszupressen. Nach der Schätzung unseres scharfsinnigen Meriskoff wird die Geldstrafe für die Beleidigung eines Fremden ungefähr dreihunderttausend Franken betragen, nach der Währung Ihres schönen Landes also vierundfünfzig Contos. Das bedeutet, meint Meriskoff, ein ausgezeichnetes Geschäft für die Staatskasse, und außerdem ist Ihr Ohr damit glänzend gerächt ... Hier in Peking machen sich die ersten Fröste bemerkbar, und wir haben schon unsre Pelze hervorgeholt. Unser guter Meriskoff leidet an der Leber; aber die Schmerzen vermögen nicht, seine philosophische Krittelsucht und seine gelehrte Geschwätzigkeit zu beeinträchtigen ... Wir haben einen großen Kummer gehabt: Tu-tu, das entzückende Hündchen der guten Madame Tagarieff, der Gemahlin unseres lieben Sekretärs, verschwand am Morgen des 15... Natürlich führte ich bei der Polizei dringende Beschwerde, aber Tu-tu konnte nicht wieder zur Stelle gebracht werden. Das Bedauern ist um so größer, als man weiß, daß der Pekinger Pöbel derartige Hündchen, in Zuckersaft geschmort, außerordentlich schätzt ... Hier hat sich ein ganz abscheulicher Fall mit sehr verhängnisvollen Folgen ereignet. Sie erinnern sich doch der Gattin des französischen Gesandten, jener zappeligen Madame Grijon, die Meriskoff den »Dürren Ast« zu nennen pflegt? Nun, beim letzten Essen der Legation hat sie, aller internationalen Etikette zum Hohn, ihren fleischlosen Arm einem simplen englischen Attaché, Lord Gordon, gereicht, und ihn bei Tische an ihrer rechten Seite sitzen lassen! Was sagen Sie dazu? Ist es nicht unglaublich? Ist es vernünftig? Heißt das nicht die gesellschaftliche Ordnung zerstören?! Ihren Arm, den Ehrenplatz zu ihrer Rechten einem Attaché zu überlassen! Einem Schotten mit ziegelrotem Gesicht und einem Glasscherben im Auge, wo doch alle Gesandten anwesend waren ... und ich!! Der Fall hat im Diplomatischen Corps kolossales Aufsehen erregt ... Wir erwarten die Instruktionen unserer Regierungen. Meriskoff schüttelt in düsterer Sorge den Kopf und sagt: »Die Situation ist ernst ... sehr, sehr ernst!« – Kein Mensch zweifelt daran, daß Lord Gordon der Benjamin des »Dürren Astes« ist. Welche Fäulnis! Welcher Sumpf! ... Die Generalin ist seit Ihrer Abreise nach dem unglückseligen Tien-ho gesundheitlich nicht recht auf der Höhe; Doktor Pagloff kann nicht dahinterkommen, was ihr fehlt. Sie ist immer müde und niedergeschlagen, welkt sichtlich dahin und verbringt ihre meiste Zeit unbeweglich auf dem Diwan im Pavillon zum »Heimlichen Glück«. Dort liegt sie, träumt mit offenen Augen und seufzt und seufzt ... Ich täusche mich nicht; ich weiß ganz genau, was ihre Gesundheit untergräbt: sie hat sich durch das schlechte Wasser, das wir in der Madrider Gesandtschaft getrunken haben, ein Blasenleiden zugezogen ... Der Wille des Herrn geschehe! ... Ich soll Sie schön von ihr grüßen; auch wünscht sie, daß Sie ihr bei Ihrer Ankunft in Paris (wenn Sie überhaupt nach Paris gehen) im Warenhaus zum Louvre zwei Dutzend Handschuhe mit zwölf Knöpfen, Nummer 5¾, Marke »Sol« besorgen. Sie möchten sie mit der Gesandtschaftspost nach St. Petersburg schicken; von dort aus werden sie nach Peking befördert. Auch bittet sie um die letzten Romane von Zola und um »Mademoiselle de Maupin« von Gautier, zum Schluß um ein Kistchen Opopanax ... Fast hätte ich vergessen, Ihnen zu schreiben, daß wir unsern Bäcker gewechselt haben. Wir beziehen jetzt unser Backwerk aus der Bäckerei der englischen Gesandtschaft, nicht mehr aus derjenigen der französischen, weil wir keine Beziehungen mehr zum »Dürren Ast« haben wollen ... Da sieht man, welche Unannehmlichkeiten daraus erwachsen, daß wir keine eigene Bäckerei in der russischen Gesandtschaft haben. Und wie viele Berichte und Vorstellungen habe ich schon über diesen Punkt an die Petersburger Kanzlei abgehen lassen! Man weiß dort ganz genau, daß es in Peking keine Bäckereien gibt und daß jede Legation ihre eigene als lebensnotwendige Einrichtung hat. Und dennoch vernachlässigt man am kaiserlichen Hofe die wichtigsten Interessen der russischen Zivilisation! ... Ich glaube, das ist alles, was es an Neuem in Peking und in den Gesandtschaften gibt. Meriskoff und alle Mitglieder der Legation lassen sich Ihnen empfehlen, desgleichen der kleine Graf Arthur, Zizi von der spanischen Gesandtschaft, die Hängende Flabbe und Herr Lulu – kurz: alle und ganz besonders ich, der Sie voller Sehnsucht und Ergebenheit herzlich grüßt.

         General Kamilloff.«

PS. – Was die Witwe und die Familie Ti Tschin-fus anlangt, so ist ein Irrtum unterlaufen. Der Astrolog des Tempels von Faqua hat sich in der Auslegung der Sternenaspekte getäuscht. Jene Familie wohnt in Wirklichkeit *nicht* in Tien-ho, sondern im Süden Chinas, in der Provinz Canton. Es gibt aber auch eine Familie Ti Tschin-fu jenseits der Großen Mauer, fast an der russischen Grenze, im Distrikt Ka O-li. Beide verloren ihr Oberhaupt, und beide leben in bitterer Armut ... Darum habe ich auch, in Erwartung Ihrer ferneren Anweisungen, die im Hause Tsing Fo deponierten Gelder noch nicht abgehoben. Obige Nachrichten übermittelte mir heute Seine Exzellenz Prinz Tong mit einem köstlichen Kürbiskompott ... Noch muß ich Ihnen melden, daß unser guter Sa To aus Tien-ho zurückgekehrt ist. Er brachte eine zerrissene Lippe und leichte Schulterquetschungen mit. Aus dem ausgeplünderten Gepäck hat er nur eine Lithographie Unserer Schmerzensreichen Jungfrau gerettet, die, nach einer mit Tinte geschriebenen Widmung zu urteilen, Ihrer verehrten Frau Mama gehört haben muß ... Meine tapferen Kosaken allerdings sind, in einer Blutlache liegend, dort geblieben. Seine Exzellenz Prinz Tong hat sich bereit erklärt, für jeden der beiden Gefallenen zehntausend Frank Sühne zu bezahlen. Diese werden aus den der Stadt Tien-ho abgepreßten Summen bestritten ... Sa To läßt mich wissen, daß, wenn Sie begreiflicherweise Ihre Suche nach Ti Tschin-fu wieder aufnehmen, er sich beglückt und geehrt fühlen würde, Sie wieder mit hündischer Treue und kosakischer Willfährigkeit durch das Reich begleiten zu dürfen.

Kamilloff.«

»Nein! Niemals!« brüllte ich wütend, zerknüllte den Brief und rannte, wild vor mich hin brummend, durch das melancholische Kloster. – Nein, bei Gott und dem Teufel! Wieder die Straßen Chinas entlang trotten? Nimmermehr! ... O lächerlich-phantastisches, klägliches Schicksal! Ich gebe mein herrliches Leben im Loreto auf, verlasse mein Liebesnest in Paris, dampfe in ewiger Seekrankheit von Marseille nach Shanghai, ertrage die Flöhe der chinesischen Flußkähne, den Gestank der Gassen, den Staub trostloser Landstraßen – und warum, wozu? ... Ich hatte einen Plan gefaßt, der bis zum Himmel ragte, großartig, prachtvoll wie eine Siegessäule: auf ihr erstrahlten, von oben bis unten, in goldenen Lettern alle möglichen guten Werke. Und nun mußte ich erleben, daß die stolze Säule zu Boden stürzte, Stück für Stück – eine Ruine! ... Meinen Namen, meine Millionen, die Hälfte meines goldenen Bettes wollte ich einem Fräulein Ti Tschin-fu schenken, und siehe, die gesellschaftlichen Vorurteile eines barbarischen Volkes lassen es nicht zu! ... Kraft des kristallenen Mandarinenknopfes gedenke ich die Geschicke Chinas neu zu gestalten und die Landeskinder zu Glück und Wohlstand zu führen – aber ach! Das kaiserliche Gesetz verbietet mir's! ... Unerhörte Almosen will ich unter die hungernden Massen streuen und ... laufe Gefahr, als Volksaufwiegler geköpft zu werden! ... Ich will eine

Stadt reich machen, und ... die wütende Menge steinigt mich! ... Schließlich verlangt es mich, die von Konfuzius gepriesene behagliche Wohlhabenheit der Familie Ti Tschin-fu zu bescheren und ... diese Familie verschwindet, verflüchtigt sich wie ein Nebel! Andre Familien Ti Tschin-fu geistern auf – hier, dort, im Süden, im Westen ... wie boshafte Irrwische ... Und nun sollte ich nach Canton, nach Ka O-li gehen, noch ein Ohr brutalen Steinwürfen aussetzen, noch einmal mich an die Mähne eines Ponys klammern und durch die Wüste fliehen? Nie und nimmermehr!

Ich hielt in meiner Wanderung inne, sprach mit erhobenen Armen zu den Bogengängen des Klosters und den Bäumen, schrie in das mich umgebende Schweigen hinein:

»Ti Tschin-fu! Ti Tschin-fu! Um dich zu versöhnen, habe ich alles getan, was vernünftig, edel und logisch ist! Bist du nun endlich zufrieden, ehrwürdiger Weiser, du und dein netter Papagei und dein standesgemäßer Bauch? – Rede, sprich zu mir! ...«

Ich lauschte, ich spähte ... Wie immer um diese Mittagsstunde, knarrte die Brunnenwinde gemütlich im Hofe. Unter den Maulbeerbäumen, die längs den Klosterarkaden wuchsen, trockneten die Teeblätter der Oktoberernte; aus der halbgeöffneten Tür des Lehrzimmers drang das schleppende Gemurmel lateinischer Deklinationen. Ein ernster, strenger Friede herrschte hier: der Ausfluß der einfachen Betätigungen, der nüchternen Ehrbarkeit der Studien, der Bäuerlichkeit dieses Hügels, wo unter der weißen

Wintersonne der fromme Weiler schlummerte ... Und wunderbar still wurde plötzlich meine Seele in dem köstlichen Frieden ringsumher!

Noch zitterten meine Finger leise, als ich mir eine Zigarre ansteckte. Ich wischte einen Schweißtropfen von meiner Stirn und murmelte, als setzte ich damit einen Schlußstrich unter mein Schicksal:

»Gut, Ti Tschin-fu ist versöhnt.«

Dann begab ich mich in die Zelle des trefflichen Pater Julius. Der hatte sein Brevier auf den Knien aufgeschlagen und las darin, indem er Zuckerzeug knabberte; und die Klosterkatze schnurrte an seinem Hals.

»Hochwürden, ich kehre nach Europa zurück ... Geht etwa zufällig einer der guten Klosterbrüder in Missionsgeschäften in die Gegend von Shanghai?«

Der würdige Superior setzte seine runden Brillengläser auf die Nase, blätterte mit gewichtiger Umständlichkeit in einem chinesisch geschriebenen dicken Register und murmelte:

»Am fünften Tage des zehnten Mondes ... Ja –! ... Da muß der Pater Anacletus nach Tientsin zur neuntägigen Andacht der Brüder des Heiligen Findelhauses. Im zwölften Mond: Pater Sanchez ... ebenfalls nach Tientsin ... Katechismus der Waisen ... Ja! ... Also, lieber Gastfreund, es gibt Gelegenheit, nach Osten zu reisen.«

»Morgen?«

»Morgen. – Schmerzlich ist die Trennung hier am Ende der Welt, für Seelen, die sich im Glauben an Jesus eins wissen ... Unser Pater Gutierrez soll Ihnen ein tüchtiges Reisebündel mit guter Atzung zurechtmachen ... Wir haben Sie schon wie einen Bruder liebgewonnen, Theodor ... Essen Sie einen Bonbon, sie sind delikat ... Was sich an seinem rechten Ort, in seinem natürlichen Element befindet, ist wohl aufgehoben: Gottes Herz ist der Ort, wohin das Menschenherz gehört. Nun, Ihr Herz hat dieses Asyl gefunden ... Essen Sie einen Bonbon ... Aber was ist das, mein Sohn, was machen Sie da?«

Ich hatte eben auf sein offenes Brevier – die aufgeschlagene Seite handelte von dem Evangelium der Armut – ein Bündel Noten auf die Bank von England geschoben und stammelte:

»Verehrungswürdiger, für Ihre Armen ...

»Vortrefflich! Vortrefflich! Unser guter Gutierrez soll Ihnen ein ganz besonders üppiges Reisebündel schnüren ... Amen, mein Sohn ... In Deo omnia spes! ...«

Am folgenden Tage ritt ich unter Glockengeläut das Dorf hinab. Man hatte mir das weiße Maultier des Klosters zur Verfügung gestellt; links und rechts von mir trabten die Brüder Anacletus und Sanchez. Unser nächstes Ziel war Hiang-hiam, ein düsterer, mit Mauern umgebener Ort, wo die Barken anlegen, die nach Tientsin hinabfahren. Schon war das Land längs des Pei-ho über und über mit Schnee bedeckt, und in den niedrigen Flußbuchten gefror schon das Wasser. In Schafpelze gehüllt, saßen wir, die guten Mönche und ich, um ein Feuer, das auf dem

Hinterdeck des Bootes brannte. Wir plauderten über das Wirken der Missionare, über chinesische Zustände, manchmal auch über religiöse Dinge – und dabei kreiste unaufhörlich die bauchige Geneverflasche.

In Tientsin trennte ich mich von den frommen Reisegefährten. Und zwei Wochen später spazierte ich eines lauen Mittags auf dem Promenadendeck der »Java« auf und ab, die soeben die Anker zur Fahrt nach Europa lichtete. Ich rauchte meine Zigarre und beobachtete das Gewühl auf den Kais von Hongkong.

Ich fühlte mich tief ergriffen, als sich die Schiffsschraube zu drehen begann und Chinas Gestade langsam zurückwich. Schon als ich an jenem Morgen erwachte, hatte eine dumpfe Unruhe in meiner Seele zu gären begonnen. Jetzt dachte ich daran, daß ich in dieses unermeßliche Reich gekommen war, um durch Buße meine Angst, meine Gewissensqualen zu beschwichtigen, und daß ich schließlich, von nervöser Ungeduld getrieben, mit keinem andern Ergebnis wieder abreiste, als den weißen Bart eines tapferen Generals entehrt zu haben und in einer Stadt an den Grenzen der Mongolei durch Steinwürfe am Ohr verletzt worden zu sein.

Wie seltsam war doch mein Schicksal!

Bis zum Einbruch der Nacht lehnte ich am Geländer des Dampfers und starrte auf das glatte Meer, das sich wie eine riesige blaue Seidendecke an die Schiffswände schmiegte. Allmählich begannen große Sterne in der dunklen Tiefe zu zittern, in ewig gleichem Rhythmus arbeitete die Schiffsschraube. Da überkam mich eine weiche Müdigkeit, und ich irrte durch das Schiff, ab und zu einen Blick auf die erleuchtete Bussole, auf die Schiffswinden oder die funkelnde Schiffsmaschine werfend, die da unten im Takt stampfte und zischte. Funken stoben aus dem schwarzen Rauchwirbel der Schornsteine; rotbärtige Matrosen standen unbeweglich am Steuerrad, und auf der Kommandobrücke wuchsen die hohen Gestalten der Piloten gespenstisch aus dem nächtlichen Dunkel heraus. In der Kapitänskajüte entlockte ein Engländer im Korkhelm seiner Flöte die schwermütigen Klänge des Bonnie Dundee; um ihn herum saßen lauschend einige Damen und tranken Kognak.

Es war elf Uhr, als ich in meine Kabine hinabstieg. Alle Lichter waren erloschen; aber der tiefstehende Mond, der rund und weiß auf der Wasserfläche lag, sandte sein Licht durch das Kajütenfenster. Und siehe, da war er wieder: In dem matten Lichte sah ich, auf meine Koje gestreckt, die dickbäuchige Gestalt des Mandarins. Er war in gelbe Seide gekleidet und hielt seinen Papagei im Arm!

Er, immer wieder er! In Singapur und auf Ceylon: er! Als wir den Suezkanal passierten, erhob er sich aus dem Sandmeer der Wüste; als wir in Malta anlegten, erschien er am Bug eines Proviantbootes. Ich sah ihn über den rosenfarbenen Bergen Siziliens schweben und aus den Nebeln tauchen, die den

Felsen von Gibraltar einhüllen. Und als ich in Lissabon den Kai der Säulen betrat, füllte seine feiste Gestalt den Bogen der Rua Augusta vollständig aus. Seine schiefen Schlitzaugen starrten mich an, und auch die beiden gemalten Augen des Papageis schienen mich zu durchbohren.

VIII

Nun war ich sicher, daß ich Ti Tschin-fu niemals versöhnen könnte; und als ich in jener Nacht im Loretopalast saß und zahllose Lampen wie ehemals die seidenen Möbelbezüge blutrot erglühen ließen, plante ich, meine unheimlichen Millionen wie einen sündigen, fluchwürdigen Schmuck von mir zu werfen. Auf diese Weise würde ich mich vielleicht von jenem Wanst und dem gräßlichen Papagei befreien!

Ich verließ den Palast im Loreto und gab mein Nabobleben auf. In ärmlichen, abgeschabten Kleidern zog ich wieder in mein altes Zimmer bei Madame Marques und bettelte um die Gunst, meine geliebte Feder von neuem im Dienste des Ministeriums führen zu dürfen ... gegen ein Monatsgehalt von zwanzig Milreis!

Aber noch größere Bitterkeit hielt das Schicksal für mich bereit.

Da man mich ruiniert wähnte, überhäuften mich alle, die mein Reichtum gedemütigt hatte, mit Schmähungen, wie gewisse Leute die gestürzte Bildsäule eines entthronten Fürsten mit Kot bewerfen. Die

Zeitungen verhöhnten triumphierend mein Elend. Die Aristokratie, die früher speichelleckend zu meinen Füßen lag, befahl jetzt ihren Kutschern, mich klägliche Schreiberseele gelegentlich über den Haufen zu fahren. Die Geistlichkeit, die ich bereichert hatte, stellte mich als einen Zauberer hin; der Pöbel warf mir Steine nach; und Madame Marques? ... Wenn ich mich bescheiden über die granitene Härte ihrer Beefsteaks beklagte, stemmte sie die Hände auf die Hüften und schrie:

»Schau mir einer den Unglückswurm! Was wollen Sie denn noch? Nur friedlich, schäbiger Hungerleider!«

Und trotz meines Büßerlebens wich Ti Tschin-fu, der fette, ockergelbe Greis, nicht von meiner Seite; denn wenn auch seine Millionen jetzt unberührt und nutzlos in den Banken lagen, so waren sie doch noch mein, unglückseligerweise mein!

Eines Tages lief mir die Galle über, und protzig zog ich wieder in meinen luxuriösen Loretopalast ein. In jener Nacht erstrahlten von neuem seine Fenster in festlichem Glanze, und wie ehedem harrte ein Schwarm von Lakaien in prächtigen schwarzseidenen Livreen meiner Befehle.

Sofort lag Lissabon wieder zu meinen Füßen. Madame Marques nannte mich den Sohn ihres Herzens. Die Zeitungen belegten mich mit Attributen, die dem Herkommen gemäß eigentlich nur auf Gottheiten angewandt werden: Ich war der Allmächtige, war der Allwissende! Der Adel küßte mir die Hände wie einem Tyrannen, und der Klerus beweihräucherte mich wie ein Idol. Meine Verachtung für die Menschheit wurde so groß, daß sie sich sogar auf Gott ausdehnte, der dieses Gezücht erschaffen hatte.

Ein entnervendes Gefühl der Übersättigung hielt mich wochenlang an mein Sofa gefesselt. In düsterem Schweigen grübelte ich über die Glückseligkeit des Nichtseins nach.

Als ich eines Nachts durch eine verlassene Straße heimkehrte, stieß ich auf ein schwarzgekleidetes Subjekt, das einen Regenschirm unter dem Arm trug. Es war dasselbe, das mich in meinem glücklichen Zimmer in der Travessa da Conceição durch ein »Klingling« zum Erben so vieler scheußlicher Millionen gemacht hatte. Ich rannte auf den Mann zu, hielt ihn bei den Aufschlägen seines philisterhaften Gehrocks fest und schrie:

»Befreie mich von meinem Reichtum! Mache den Mandarin wieder lebendig! Gib mir den Frieden meiner Armut wieder!«

Er nahm würdevoll seinen Regenschirm unter dem rechten Arm hervor, um ihn unter den linken zu stecken. Dann antwortete er mit gütigem Bedauern:

»Es geht nicht, mein lieber Herr, es geht wirklich nicht ...«

Ich warf mich ihm hündisch bettelnd vor die Füße; doch nichts sah ich mehr in der trübseligen Gasbeleuchtung vor mir als einen mageren Köter, der am Straßenkot schnupperte.

Nie wieder habe ich dieses Individuum getroffen.

Und jetzt erscheint mir die Welt als ein ungeheurer Trümmerhaufen, über den meine einsame Seele irrt; ich komme mir vor wie ein Verbannter, ein Ausgestoßener, der zwischen gestürzten Säulen wandelt und unaufhörlich seufzt und klagt.

Die Blumen in meinen Gemächern verwelken, und niemand bringt frische; in jedem Licht erblicke ich eine Totenfackel; und wenn meine Geliebten in ihren weißen, weichen Morgenkleidern kommen und sich an mein Bett lehnen, dann muß ich weinen, als sähe ich vor mir die Legion meiner toten Freuden in Leichengewändern.

Ich fühle, daß ich sterbe. Mein Testament ist gemacht. In ihm vermache ich meine Millionen dem Teufel; ihm gehören sie: mag er sie holen und verteilen! Euch aber, ihr Menschen, vermache ich – ohne jeden Kommentar – diese Worte: »Nur das Brot schmeckt gut, das wir tagtäglich in ehrlicher Arbeit verdienen; drum: tötet nie den Mandarin!«

Und doch erfüllt mich in meiner Sterbestunde ein Gedanke mit wunderbarem Trost: der Gedanke, daß im ganzen unermeßlichen China – und suchtest du von Norden nach Süden, von Osten nach Westen, von der großen tartarischen Mauer bis zum Gelben Meer – kein einziger Mandarin am Leben bliebe, könntest du ihn, o Leser, so leicht wie ich auslöschen und seine Millionen erben ... du improvisierte Kreatur Gottes, schlechtes Werk aus schlechtem Ton, du, meinesgleichen und mein Bruder!

Angers, im Juni 1880.

AUFBAU BIBLIOTHEK
Jeden Monat Weltliteratur

José Maria Eça de Queiroz

DAS VERBRECHEN DES PATERS AMARO

Roman
Aus dem Portugiesischen
von Willibald Schönfelder
538 Seiten
ISBN 3-7466-6002-5

VETTER BASILIO

Roman
Aus dem Portugiesischen
von Rudolf Krügel
500 Seiten
ISBN 3-7466-6003-3

DER MANDARIN

Novelle
Aus dem Portugiesischen
von Willibald Schönfelder
116 Seiten
ISBN 3-7466-6004-1

DIE RELIQUIE

Roman
Aus dem Portugiesischen
von Andreas Klotsch
312 Seiten
ISBN 3-7466-6005-X

Mit Eça de Queiroz beginnt die moderne portugiesische Literatur. Als großartiger Erzähler und Revolutionär der Sprache geht er den Weg von der Spätromantik zum realistischen Gesellschaftsroman mit provozierend ironischer Note.

A^{t}V
Aufbau Taschenbuch Verlag

AUFBAU BIBLIOTHEK
Jeden Monat Weltliteratur

Montesquieu
WAHRHAFTIGE GESCHICHTE

Aus dem Französischen
und mit einem Vorwort von Victor Klemperer
Mit Holzschnitten von Werner Klemke
191 Seiten
ISBN 3-7466-6010-6

Die »wahrhaftige Geschichte« von der sündigen Seele eines indischen Barbiers und Spitzbuben, der zu seiner sittlichen Läuterung eine Wiedergeburt nach der anderen erlebt. Montesquieus geistvolles, heiteres Stück Prosa wurde von Victor Klemperer mit großem Vergnügen ins Deutsche übertragen.

A^tV
Aufbau Taschenbuch Verlag